双葉文庫

はぐれ長屋の用心棒

幽鬼の剣

鳥羽亮

目次

幽鬼の剣

はぐれ長屋の用心棒

第一章　辻斬り

一

「急ぎましょう。すこし遅くなりました」

彦兵衛《ひこべえ》が、すこし足を速めて言った。彦兵衛は、両替屋、松平屋《まつだいらや》の主人《あるじ》である。柳橋《やなぎばし》にある料理屋、船木屋《ふなきや》で飲んだ帰りだった。

「はい」

手代の利之助《りのすけ》も、彦兵衛の脇につき、すこし足を速めた。手にした提灯《ちょうちん》が揺れている。

五ツ半（午後九時）ごろだった。静かな夜で、頭上には無数の星が輝いていた。ふたりが歩いているのは、神田川《かんだがわ》沿いにつづく柳原《やなぎはら》通りである。日中は賑やかな通りも、いまは人影がなく、神田川の土手に植えられた柳が、かすかな風に揺れているだけである。

前方に、和泉橋《いずみばし》が見えてきた。巨大な橋が夜陰に横たわっている。まるで、黒い怪物のように感じられる。

「店まで、もうすぐです」

彦兵衛が足を速めて言った。

提灯を手にした利之助は、遅れずに彦兵衛についてきていた。足を速めたために提灯が揺れ、足元を照らすひかりが乱れている。

松平屋は、神田須田町《かんだすだちょう》にあった。柳原通りから、表通りを半町ほど入ったところである。和泉橋のたもとを過ぎ、左手に入って、いっとき歩けば、店の前に出られる。

和泉橋のたもとが近付いてきたとき、

「だ、旦那さま、だれかいるようです」

と、利之助が声を震わせて言った。

「どこです」

「柳の陰に……」

利之助が指差した。

見ると、川沿いの土手際に植えられた柳の樹陰に黒い人影があった。そこは闇が濃く、男か女かも分からない。

「よ、夜鷹《よたか》かも、しれませんよ」

彦兵衛の声も震えている。柳原通りは、夜になると茣蓙《ござ》を抱えた夜鷹が出ることでも知られていた。夜鷹とは、売春婦のことである。

そう言ったものの、彦兵衛には、夜鷹には見えなかった。夜鷹は夜陰でもそれと知れるように手ぬぐいを被り、その端を口に銜《くわ》えていることが多いが、樹陰にいる者は黒く見えるだけである。

「で、出てきた！」

利之助の体が顫《ふる》え、提灯が揺れた。

柳の陰から通りに出てきたのは、大柄な男だった。しかも、武士である。黒羽織に袴姿で大小を差している。

「もうひとり……！」

利之助が、うわずった声で言った。

すこし離れた柳の樹陰から別の人影があらわれ、彦兵衛たちふたりの背後にまわり込んできた。

背後にまわった武士は、闇に溶ける茶の小袖を着流し、大刀を一本、落とし差しにしていた。牢人のような感じがする。

「つ、辻斬り！」

利之助が、声を震わせて言った。

ふたりの武士は、彦兵衛たちの前後から足早に近付いてきた。彦兵衛たちふたりを逃がさないようにするため、前後にまわったのだろう。

咄嗟《とっさ》に、彦兵衛は逃げようとして周囲に目をやったが、逃げ場はなかった。ふたりの武士は、すぐ近くまで迫っている。

彦兵衛の前に立ったのは、大柄な男だった。まだ、若いように見えた。彦兵衛を見据えた双眸《そうぼう》が、夜陰に青白くひかっていた。獲物を目にした夜禽《やきん》を思わせるような目である。

武士の顔が、揺れた。利之助の手が震え、提灯が揺れているせいである。

「一杯やってきた帰りか」

武士が薄笑いを浮かべて訊《き》いた。

「……！」

彦兵衛は、驚いたような顔をして武士を見た。料理屋からの帰りを知っているのかと思ったのだ。

「飲んだ帰りか」

武士が語気を強くして訊いた。

「そ、そうです。……あなた様は」

彦兵衛が、武士の顔を覗《のぞ》くように見た。

「幽霊か、それとも鬼かな」

言いざま、武士が抜刀した。

すると、その動きに合わせるように、背後に立った武士も刀の柄《つか》に右手を添えて腰を沈めた。抜刀体勢をとったのである。

彦兵衛の顔が、恐怖でひき攣《つ》った。凍りついたように身を硬くして、その場につっ立っている。

「逃げろ！」

前に立った武士が、彦兵衛に声をかけた。

その声で、彦兵衛が後じさった。そのとき、武士は手にした刀を低い八相に構えた。

キエェッ！

気合とも叫びともつかぬ、甲走《かんばし》った声がひびいた。幽鬼の叫びか、得体の知れぬ化物のけたたましい声のようにも聞こえた。

刹那、青白い閃光《せんこう》が横に走った。武士が手にした刀を横一文字に払ったのである。

次の瞬間、にぶい骨音がし、彦兵衛の首が横にかしいだ。そして、傷口から血が激しく飛び散った。

彦兵衛は、悲鳴も呻《うめ》き声も上げなかった。血を撒《ま》き散らしながら、腰から崩れるように倒れた。

これを見た利之助は、一瞬身を硬くしたが、悲鳴を上げて、その場から逃げようとした。

「逃がすか！」

もうひとりの牢人体の男が利之助の前を塞ぎ、抜刀しざま刀を袈裟《けさ》に払った。一瞬の動きだった。居合である。

牢人体の男の切っ先が、利之助の肩から胸にかけて深く斬り裂いた。利之助は悲鳴も呻き声も上げなかった。血を撒きながらよろめき、足がとまると、腰から崩れるように倒れた。

牢人体の男は、俯《うつぶ》せに倒れた利之助の袂《たもと》で刀の血を拭うと、立ち上がって刀を鞘《さや》に納めた。

「おい、主人の財布を抜いておけ」

武士が、牢人体の男に声をかけた。

「そうだな」

牢人体の男は、仰向けに倒れている彦兵衛の懐《ふところ》に手をつっ込み、財布を抜き取った。

「たんまり入っているぜ」

牢人体の男が、薄笑いを浮かべて言った。

「両替屋の主人だからな。金は持っているだろうよ」

武士は、「長居は無用だ」と牢人体の男に声をかけ、懐手《ふところで》をして歩きだした。

牢人体の男は武士に追いつき、ふたりで何やら話しながら、神田川の通りを西にむかって歩いていく。

二

……もう朝か。

華町源九郎《はなまちげんくろう》は、戸口に目をやった。腰高障子が朝日にかがやいている。五ツ（午前八時）を過ぎているようだ。

源九郎が住んでいる長屋のあちこちから、子供を叱る女の声、赤子の泣き声、子供の笑い声など聞こえてきた。女子供の声が多く、男の声はすくなかった。出職の男たちは、出掛けた後であろう。

「起きるか」

源九郎は身を起こした。

何とも、ひどい恰好《かっこう》である。昨夜、源九郎は面倒なので寝間着に着替えず、小袖のまま寝てしまったのだ。その小袖の裾がひろがり、両足の間からふんどしが垂れ下がっていた。白髪交じりの髷《まげ》や鬢《びん》は、ばらばらである。

源九郎は、還暦にちかい老齢だった。しかも、伝兵衛店《でんべえだな》と呼ばれる棟割り長屋で独り暮らしをしている。歳とともに、身形《みなり》や体裁などかまわなくなるのだ。

華町家は、五十石の御家人だった。何年か前、倅《せがれ》の俊之介《しゅんのすけ》が嫁をもらったのを機会に、源九郎は華町家を出たのだ。長年連れ添った妻が亡くなったこともあり、若い息子夫婦に気兼ねして暮らすのが嫌だったし、気儘《きまま》な独り暮らしをしたくなったのだ。

源九郎の生業《なりわい》は傘張りだが、それだけではやっていけず、華町家からのわずかな合力もあって、何とか暮らしているのである。

源九郎は立ち上がると、布団代わりにしていた掻巻《かいまき》を部屋の隅に押しやり、土間へ下りた。そして、流し場で柄杓《ひしゃく》で水を汲み、喉を鳴らして飲んだ。冷たい水は、旨《うま》かった。腸《はらわた》に染みるようである。

「腹が減ったな」

源九郎は、空腹を感じた。だが、めしはない。昨日炊いためしは、夕飯のときにわずかに残っていたが、食べてしまったのだ。

……これから炊くのは、面倒だな。

源九郎は、しばらく我慢して通り沿いにある一膳飯屋にでも立ち寄り、腹を満たそうと思った。

さらに、柄杓で水を汲み、もう一杯飲んでから座敷にもどった。そして、小袖の乱れを直し、袴を穿《は》いているとき、戸口に近寄ってくる足音がした。

足音は腰高障子の向こうでとまり、

「旦那、いやすか」

と、孫六《まごろく》の声がした。

孫六は、還暦を過ぎた年寄りである。長屋に住むようになる前は、番場町《ばんばちょう》の親分と呼ばれる岡っ引きだった。ところが、中年になって、中風をわずらい、足が不自由になった。それで、岡っ引きをやめ、伝兵衛店に住む娘夫婦のところに越してきたのだ。

娘の名はおみよで、亭主の名は又八《またはち》、仕事はぼてふりである。娘夫婦になかなか子ができなかったが、待望の男の子が生まれ、富助《とみすけ》と名付けた。孫六は娘夫婦に負けないくらい、孫の富助を可愛がっている。

「孫六か。入ってくれ」

源九郎が声をかけた。

すぐに、腰高障子があいて孫六が顔を出した。

「旦那、知ってやすかい」

孫六が、源九郎に身を寄せて訊いた。

「何の話だ」

「柳原通りで、ふたり斬り殺されたらしいんで」

孫六が、上目遣いに源九郎を見た。

「辻斬りか」

源九郎は、柳原通りに辻斬りが出ると聞いたことがあったのだ。

「まだ、分からねえ。旦那、急ぎの仕事はありやすか」

「急ぎの仕事はないが……」

源九郎は、語尾を濁した。生業の傘張りは、いつでも暇なときにやればいいのである。

「あっしも、暇なんでさァ」

孫六はそう言った後、

「旦那といっしょに柳原通りに行って、殺されたふたりを拝んでこようかと思いやしてね。寄ったんでさァ」

そう、言い添えた。

「暇だが……」

源九郎は、柳原通りに行くより、腹が減ったので、めしが食いたい、と口から出かかったが、黙っていた。そして、胸の内で、途中、両国広小路《りょうごくひろこうじ》で、立ち食いの稲荷鮨《いなりずし》か茶飯でも食おうと思った。両国広小路は江戸でも有数の賑やかな場で、多くの物売りがいた。水茶屋や小屋掛けの見世物も出ている。

「行くか」

源九郎が言った。

「行きやしょう」

ふたりは、すぐにその気になった。

伝兵衛店は、本所相生町《ほんじょあいおいちょう》にあった。本所松坂町《まつざかちょう》の近くである。ふたりは路地木戸を出ると、長屋の前の通りを南にむかった。そして、いっとき歩くと、竪川《たてかわ》沿いの通りに出た。その通りを西にむかえば、大川《おおかわ》にかかる両国橋に出られる。両国橋を渡った先が、両国広小路である。

源九郎は、両国橋を渡るとすぐ、大川端沿いに目をやった。菅井紋太夫《すがいもんだゆう》の姿を捜したのだ。菅井は、源九郎たちと同じ伝兵衛店に住んでおり、両国広小路で、居合抜きを観せて銭をもらう大道芸で暮らしをたてていた。

今日は天気がよかったので、菅井は源九郎が寝ているうちに長屋を出て、広小路で銭を稼いでいると思っていたのだ。

菅井は大道芸で居合を観せていたが、腕は本物だった。田宮流《たみやりゅう》居合の達人だったのである。

「菅井の旦那は、いねえな」

孫六が辺りに目をやって言った。

「まだ、長屋にいたのかな」

何かの都合で、菅井は長屋にいたのかもしれない、と源九郎は思った。

源九郎は賑やかな両国広小路に入ると、左右に目をやりながら歩いた。立ち食いのできる店はないか探したのである。しばらく歩くと見世物小屋の脇に、稲荷鮨売りの屋台が出ているのを目にとめた。

「孫六、朝めしは食ったのか」

源九郎が訊いた。

「食ってきやした」

「わしは、まだなんだ。そこで稲荷鮨を食ってくるから、待っててくれんか」

源九郎が言うと、孫六が呆《あき》れたような顔をし、

「あっしも、付き合いやすよ」

と言って、稲荷鮨売りに足をむけた。

源九郎と孫六は、稲荷鮨で腹を満たすと、賑やかな両国広小路を西にむかっ

た。そして、浅草《あさくさ》御門の前を通り過ぎて柳原通りに出ると、急に人通りがすくなくなった。それでも、人々が行き交っている。

「どの辺りかな」

歩きながら、源九郎が孫六に訊いた。

「和泉橋の近くと聞きやした」

「もうすこし先だな」

源九郎と孫六は、さらに西にむかって歩いた。

三

前方に、神田川にかかる和泉橋が見えてきた。源九郎と孫六は、すこし足を速めた。橋のたもと近くに、人だかりができている。

近付くと、人だかりがふたつできているのが分かった。孫六が言うように、ふたり殺され、そのまわりに集まっているようだ。

人だかりのなかに、八丁堀《はっちょうぼり》同心の姿があった。八丁堀同心は、黒羽織の端を帯に挟む巻き羽織と呼ばれる独特の恰好をしているので、すぐにそれと知れるのだ。

「村上《むらかみ》の旦那が、いやす」

孫六が、人だかりを指差して言った。

手前の人だかりのなかに、南町奉行所定廻《じょうまわ》り同心、村上彦四郎《ひこしろう》の姿があった。源九郎と孫六は、これまでの事件で村上とかかわったことがあり、顔を知っていたのだ。

さらに、源九郎たちが近付いたとき、手前の人だかりの真ん中辺りに、菅井の姿があった。どうやら、菅井は辻斬りの話を聞き、居合抜きの見世物をとりやめて、この場に駆け付けたらしい。

源九郎と孫六が人だかりに近付くと、集まっている野次馬たちの肩越しに、地面に横たわっている男の姿が見えた。男がひとり、俯せに倒れていた。近くの地面に、赭黒《あかぐろ》い血が飛び散っている。

源九郎と孫六は、人だかりをかき分けるようにして菅井に近付いた。すると、菅井は源九郎たちに気付いたらしく、

「ここに来てくれ」

と、手招きした。見ると、菅井のすぐ前に死体が横たわっている。

源九郎は俯せに倒れている死体に目をやり、

「一太刀で、肩から袈裟に斬られたらしい」

と、つぶやいた。源九郎は刀傷を見て、太刀筋と斬った者の腕のほどを見抜く目をもっていた。

源九郎は老いてはいたが、鏡新明智流《きょうしんめいちりゅう》の達人だった。十一歳のとき、鏡新明智流の桃井春蔵《もものいしゅんぞう》の士学館《しがくかん》に入門したのだ。

そのころ、士学館は千葉周作《ちばしゅうさく》の玄武館《げんぶかん》、斎藤弥九郎《さいとうやくろう》の練兵館《れんぺいかん》とともに江戸の三大道場と謳《うた》われた名門である。

若いころ、源九郎には剣で名を上げたいという気持ちがあり、熱心に稽古に励んだ。その甲斐《かい》あって腕を上げたが、二十五歳のとき、士学館をやめた。父が病で倒れ、華町家を継ぐことになったこともあるが、師匠のすすめる旗本の娘との縁談を断って道場に居辛くなったためである。

道場をやめた後、源九郎は怠惰《たいだ》な日を過ごし、特に剣名を上げることもなく、御家人として平凡な暮らしをつづけてきた。

「下手人は、腕のたつ男のようだ」

源九郎は残された傷を見ながら言った。

「この男は、手代の利之助らしい」

菅井はそう言った後、「斬った男は、居合を遣ったのかもしれん」と呟《つぶや》くような声で言った。

「居合だと」

源九郎が訊いた。

「はっきりしたことは、分からん。太刀筋を見て、そんな気がしただけだ」

菅井は語尾を濁した。

「そうか。いずれ、はっきりするだろう」

「ここに来ている番頭から、聞いたのだがな、殺されたふたりは、両替屋の松平屋の者らしい。松平屋は、神田須田町にあるそうだ」

菅井が言い添えた。

「もうひとりは、あそこか」

源九郎が、別の人だかりに目をやって訊いた。そこには、村上の姿もあった。検死をしているのであろう。

「松平屋の主人の彦兵衛らしい」

菅井が言った。

「彦兵衛の亡骸《なきがら》も、見ておくか」

源九郎が、孫六と菅井に目をやって言った。

源九郎たち三人は腰を上げると、別の人だかりに近付いた。そして、人垣を分けて地面に横たわっている男を見た。

男は仰向けに倒れていた。

「こ、これは！」

源九郎は息を呑んだ。

凄絶《せいぜつ》な死体である。男の首が横に切断され、首の骨が切口から白く覗いていた。辺りに、赭黒い血が激しく飛び散っている。

男は黒羽織に小袖姿だった。商家の旦那ふうの身支度である。

村上は男の死体を前にしていた。

「下手人は、腕のたつ男のようだ」

村上が、源九郎に目をやって言った。

「そうらしい」

源九郎はつぶやくような声で言って、あらためて死体に目をやった。そして、下手人は腕がたつだけではなく、変わった技の持ち主だとみた。相手が剣の心得のない町人であっても、刀を真横に払って首を切断するのはむずかしい。ところが、下手人は、相手の正面から首を一太刀で切断しているのだ。

「首を横に斬る剣に、覚えはないか」

村上が訊いた。村上は、源九郎が鏡新明智流の達人であることを知っていたのだ。

「覚えはない」

源九郎は、首を横に振った。

「それから、遠方で下手人が発したと思われる気合を耳にした男がいるのだ」

村上が言った。

源九郎が黙っていると、さらに村上がつづけた。

「喉を切り裂くような気合で、人とは思えぬ幽鬼の発した声のように聞こえたそうだ」

「幽鬼が発したような気合だと！」

源九郎が聞き返した。

「変わった気合のようだが、覚えはあるか」

「いや、ない」

源九郎は菅井に目をやり、「何か知っているか」と訊いた。

「おれも、覚えはない」

菅井は首を横に振った。

村上は立ち上がり、「もうひとりの死体《ほとけ》も、拝んでくるか」と言い残して、その場を離れた。

村上がその場を離れると、

「華町、松平屋の主人と手代を斬ったのは、別人だな」

と、菅井が声をひそめて言った。菅井の顔がひき締まり、双眸に鋭いひかりが宿っている。居合の達人らしい凄《すご》みのある顔である。

「そうらしいな」

源九郎も、別人だと思った。別人なら、下手人はふたりいたことになる。ふたりとも、剣の達人らしい。

源九郎は、殺された利之助にいっとき目をやっていたが、番頭らしい年配の男と数人の奉公人らしい男が近付いて来るのを目にとめ、彦兵衛の死体から離れた。

四

番頭と奉公人らしい男たちは、集まっている野次馬たちに、遺体を引き取るのでその場から離れるよう声をかけた。

番頭といっしょにいる男たちは、手代らしかった。手代は三人いる。その背後に、二挺の辻駕籠《つじかご》が置いてあり、駕籠舁《か》きたちがいた。

源九郎たちはすこし離れた場所で、遺体を駕籠に乗せるのを見ていた。

ふたりの遺体が駕籠に乗せられ、その場から離れると、野次馬たちもすぐに散っていった。村上も現場から離れ、手先たちを連れて柳原通りを東にむかっていく。八丁堀に帰るのかもしれない。

番頭たちと遺体を乗せた駕籠は、西にむかっていく。神田須田町にある松平屋へ運ぶのであろう。

源九郎は、遠ざかっていく二挺の駕籠に目をやっていたが、

「わしらも、帰るか」

そう言い、菅井、孫六の三人で、柳原通りを両国広小路の方へむかった。長屋に帰るつもりだった。

「菅井、広小路で居合抜きの見世物をつづけるのか」

歩きながら、源九郎が訊いた。

「その気は、なくなった。このまま、華町たちと長屋に帰るつもりだった」

「まだ、昼前だぞ。見世物の仕事は、これからではないか」

菅井は、両国広小路の大川端で居合の見世物をやっていたのだ。これから戻れば、見世物はつづけられるだろう。

「その気は、失《う》せた」

菅井は再びそう言った後、源九郎に身を寄せ、「華町、今日は存分にできるぞ」と薄笑いを浮かべた。

「何ができるのだ」

「将棋だよ。将棋」

菅井が、当然のような顔をして言った。

菅井は無類の将棋好きだった。雨天のため、見世物に出られないときは無論のこと、何かと口実をもうけては、将棋を指すために源九郎の家に顔を出す。

「仕方ないな」

源九郎も、長屋に帰ってやることがなかったので、菅井と将棋でも指して時を過ごそうと思った。

「やるぞ！」

菅井が声を上げた。


その日、源九郎と菅井は、暗くなってからも将棋を指していた。

五ツ（午後八時）ごろになったろうか。戸口に近付いてくる足音がし、「華町の旦那、いやすか」という孫六の声がした。

「いるぞ」

菅井が、顔をしかめて言った。将棋の形勢が源九郎に傾き、あと数手で詰みそうになっていたのだ。

戸口の腰高障子があき、孫六が顔を出した。手に丼《どんぶり》を持っている。丼のなかに、大きな握りめしがふたつ入っている。

「握りめしか」

源九郎が、目を細めて言った。源九郎は、両国広小路で稲荷鮨を口にした後、何も食べていなかった。菅井も長屋を出た後、めしは食べていないはずだ。ふたつの握りめしは、源九郎と菅井の分らしい。

「おみよが、残りのめしを握ってくれたんでさァ」

そう言って、孫六は握りめしの入った丼を手にしたまま座敷に上がってきた。

源九郎が丼に目をやると、薄く切ったたくわんが何切れか添えてあった。

「ありがたい」

源九郎が言うと、菅井も目を細めた。菅井も、空腹だったようだ。

孫六は将棋盤の脇に腰を下ろすと、「指しながら、食ってくだせえ」と言って、源九郎と菅井の手の届くところに、丼を置いた。

「さて、いただくか」

源九郎は握りめしを手にした。そして、すぐに頰ばり始めた。

菅井も手を伸ばして握りめしを手にしたが、将棋盤を睨《にら》んだままである。勝負の形勢が、源九郎にかたむいていたのだ。

孫六は、いっとき黙ったまま将棋盤に目をやっていたが、

「気になることを思い出しやしてね」

と、小声で言った。

「何が気になるのだ」

源九郎が訊いた。菅井は顔をしかめて、将棋盤を睨んでいる。

「半月ほど前《めえ》、今日と同じように、柳原通りで薬種問屋の主人が辻斬りに殺《や》られたんでさァ」

孫六が小声で言った。

「よく知ってるな」

源九郎は、柳原通りで辻斬りが出たという噂は耳にしたことがあったが、半月ほど前のことは聞いていなかった。

菅井は、黙したまま顔をしかめて将棋盤を睨んでいる。

「その日、あっしは用があって広小路まで行ったんでさァ。そんとき、栄造《えいぞう》と会って、話を聞いたんでさァ」

孫六が言った。栄造は、浅草諏訪町《すわちよう》に住む岡っ引きだった。孫六は自分が岡っ引きだったころから、栄造と付き合いがあり、今でも懇意にしている。

源九郎も、栄造を知っていた。事件にかかわったとき、栄造とともに探索にあたったことがあるのだ。

「栄造とは、どんな話をしたのだ」

源九郎が、孫六に顔をむけた。

「あっしが行ったとき、死体は片付けられていやしたが、栄造によると、薬種問屋の主人は、首を斬られてたそうでさァ」

「なに、首を斬られていただと」

源九郎の声が、大きくなった。

「そうで」

「すると、下手人は、今日柳原通りで見てきた松平屋の主人と手代を斬った者と同じかもしれんな」

「あっしは、そう見やした」

「うむ……」

源九郎が、顔を厳しくした。

孫六はいっとき口をつぐんでいたが、

「辻斬りは、これからも柳原通りに出るかもしれねえ」

と言って、虚空を睨むように見据えた。

そのとき、菅井が、

「ええい！　そばで喋《しゃべ》っているから、将棋に集中できん」

と、大声で言い、両手で将棋の駒を掻《か》き交ぜてしまった。

源九郎は、苦笑いを浮かべた。源九郎が優勢で、十手ほど指せば、菅井が詰むと知っていたのだ。

五

その日、源九郎はめずらしく湯漬けを食っていた。昨日炊いためしが残っていたので、湯を沸かし、湯漬けにしたのである。菜は、たくわんだった。昨日、源九郎の家の斜向《はすむ》かいに住んでいるお熊《くま》が、残り物だと言って、たくわんを持ってきてくれたのだ。お熊は、助造《すけぞう》という日傭取《ひようと》りの女房で、独り暮らしの源九郎を気遣って、ときどき握りめしや残り物の菜などを持ってきてくれる。

源九郎が湯漬けを食べ終え、茶を淹《い》れて飲んでいると、戸口に近付いてくる足音が聞こえた。足音は、ふたつである。

足音は腰高障子のむこうで止まり、

「華町さま、おられますか」

と、男の声がした。

町人らしいが、聞き覚えのある長屋の住人の声ではなかった。それに、丁寧な物言いである。

「いるぞ。入ってくれ」

源九郎が声をかけた。

すると、腰高障子があいて、ふたりの男が入ってきた。ふたりとも、小袖に黒羽織姿だった。ふたりは、三十がらみに見えた。商家の若旦那のような雰囲気がある。

「どなたかな」

源九郎が訊いた。

「てまえは、松平屋の主人、松太郎《まつたろう》でございます」

瘦身の男が言った。

「松平屋……」

咄嗟だったので、源九郎は松平屋のことが思い浮かばなかった。

「八日前、柳原通りで殺された彦兵衛の嫡男《ちゃくなん》でございます」

瘦身の男が言い添えた。

「松平屋……。ああ、殺されていた……」

源九郎は、口から出かかった彦兵衛の名を抑えた。彦兵衛は、柳原通りで手代の利之助といっしょに、辻斬りに斬られたのだ。

源九郎が、彦兵衛の亡骸を見てから八日が経っていた。父親の葬儀を終え、嫡男の松太郎が松平屋を継いだのであろう。

松太郎につづいて、もうひとりの赤ら顔の男が、

「てまえは、薬種問屋、安川屋《やすかわや》の主人、富造《とみぞう》でございます」

と、名乗った。

「薬種問屋というと、松平屋の主人と同じように、辻斬りに殺された男の店か」

源九郎は柳原通りに行った日に、栄造の話として孫六から聞いたことを思い出した。

「そうです」

富造が眉《まゆ》を寄せて言った。

どうやら、富造も殺された父親の跡を継いだらしい。

源九郎は、あらためてふたりに目をやり、

「ともかく、上がってくれ。……見たとおりの家だが」

と、苦笑いを浮かべて言った。

部屋のなかは、ひどく乱雑だった。座敷の隅には掻巻が放り出してあったし、長持から汚れた古い着物が、垂れ下がっている。

「いえ、ここで結構です」

松太郎が言い、富造とふたりで上がり框《がまち》に腰を下ろした。

源九郎はそれ以上、座敷に上がることは勧めず、ふたりのそばに来て座った。

「安川屋の主人も、柳原通りで殺されたそうだが」

源九郎は、富造に目をやって訊いた。父親が殺されたことで、何か知っていることがあったら聞きたいと思ったのだ。

「はい、父の勘右衛門《かんえもん》は、松平屋さんと同じように、夜、手代を連れて柳原通りを歩いているときに、襲われたのです」

富造によると、安川屋は日本橋本町《にほんばしほんちよう》三丁目にあり、勘右衛門は神田佐久間町《さくまちよう》にある親戚の家の法事に出掛けた帰りに、和泉橋近くの柳原通りで殺されたという。

佐久間町は神田川の北側にひろがっているが、日本橋本町三丁目にある店に帰るためには、和泉橋を渡って柳原通りに出なければならない。

「やはり辻斬りの仕業か」

源九郎が訊いた。

「はい、松太郎さんから聞いたのですが、てまえの父の勘右衛門も、彦兵衛さんと同じように首を斬られて死んでいました」

富造が顔をしかめて言った。

「同じ者に、斬られたのだな」

源九郎の脳裏に、柳原通りで見た死体がよぎった。松平屋の主人の彦兵衛は、横に一太刀で切断されていたのだ。特異な太刀筋と言っていい。

松太郎と富造は、いっとき虚空に目をやって口を噤《つぐ》んでいたが、

「てまえたちふたりは、華町さまにお願いがあって参りました」

と、松太郎が声をあらためて言った。

「願いとは」

源九郎が訊いた。

「このままでは、殺された父は浮かばれません」

松太郎が言うと、

「てまえの父も、そうです」

すぐに、富造が言い添えた。

「それで、わしに何をしろというのだ」

源九郎が、ふたりに目をやって訊いた。

「聞くところによると、華町さまたちは、われらのような者の無念を晴らしてく

れるとのこと」

今度は富造が言うと、松太郎が頷《うなず》いた。

そして、源九郎の住む伝兵衛店は、はぐれ長屋とも呼ばれていた。住人の多くが、食いつめ牢人、その日暮らしの日傭取り、その道から挫折した職人、大道芸人などで、はぐれ者が多かったからである。

その長屋に住む源九郎、孫六、菅井、その他何人かは、富商の用心棒に雇われたり、人攫《ひとさら》いから子供を助け出したり、やくざ者に脅された娘を助けたりしてきた。そうしたことがあって、源九郎たちは陰で、はぐれ長屋の用心棒などと呼ばれたのだ。

「まァ、やらないこともないが……」

源九郎は語尾を濁した。ただというわけではない、と言うつもりだったが、口に出なかったのである。

「承知しております」

そう言って、松太郎が富造に目をやった。

すると、富造がうなずいて懐に手を入れた。

松太郎も懐に手を入れ、袱紗《ふくさ》包みを取り出した。そして、源九郎の膝先に置いた。富造も同じように袱紗包みを取り出し、松太郎の袱紗包みに並べた。ふたりの袱紗包みは、同じほどの大きさだった。どうやら、ふたりはここに来る前に相談し、依頼金を用意したらしい。

「てまえと富造さんの包みには、それぞれ百両ずつ入っております」

松太郎が言うと、富造がうなずいた。袱紗包みふたつで二百両ということになる。

「それで」

源九郎が、小声で訊いた。源九郎の顔から茫洋《ぼうよう》とした表情が消えている。顔がひき締まり、凄みがある。

「これで、殺された父と手代の無念を晴らしていただきたいのです」

松太郎が言った。

「てまえも、同じ思いで百両用意しました」

と、富造が言い添えた。

「うむ……」

源九郎は、すぐに承諾しなかった。松平屋の主人の彦兵衛と手代の利之助を斬ったのは別人で、ふたりとも腕のたつ武士とみていた。容易な相手ではない。

「このままでは、父も手代も浮かばれません」

松太郎が言うと、富造もうなずいた。

源九郎はいっとき躊躇《ちゅうちょ》していたが、

「やってみよう」

と言って、袱紗包みに手を伸ばした。容易な相手ではないが、下手人は武士でありながら、何の罪もない町人を斬り殺して金を奪った。源九郎の胸の内にも、ふたりを何とかしたいという気持ちがあったのだ。

「ありがとうございます。敵《かたき》を討っていただければ、父と手代も成仏できると思います」

松太郎が言い、富造とふたりで深々と頭を下げた。

六

源九郎は松太郎と富造を送り出した後、孫六に声をかけて家に来てもらった。今日のうちにも、ふたりだけで、日本橋本町三丁目にある安川屋に行ってみようと思ったのだ。

源九郎は、孫六が上がり框に腰を下ろすのを待ち、

「今日な、松平屋の新しい主人、松太郎と、安川屋の主人、富造がここに来たのだ」

と言ってから、ふたりに、店主であった父の敵を討って欲しい、と依頼されたことを孫六に話した。

孫六は驚いたような顔をしたが、

「それで、承知したんですかい」

と、すぐに訊いた。

「承知した。わしも、辻斬りが許せなかったのだ。武士でありながら、罪のない者を殺して金を奪うやり方がな」

源九郎は、いつになく厳しい顔をして言った。

「それで、礼金は」

孫六が、上目遣いに源九郎を見て訊いた。

「松平屋と安川屋から、それぞれ百両ずつ」

源九郎が言った。

「二百両ですかい！」

孫六の声が、大きくなった。源九郎たち長屋の住人にとって、二百両は大金である。

「そうだ」

「やりやす！　あっしは、やりやすぜ」

孫六が身を乗り出して言った。

「わしも、やるつもりで、礼金を受け取ったのだ」

源九郎はそう言った後、いっとき間をとり、

「みんなに話す前にな、安川屋の店だけでも見ておきたいのだ。薬種問屋だそうだが、どんな店なのか見たこともないのでな」

と、孫六に目をやって言った。

「行きやしょう。あっしも、安川屋の名は耳にしてやすが、店を見たことがねえ」

孫六も乗り気になった。

「これから、行くか」

源九郎は立ち上がった。

「菅井の旦那は」

孫六が訊いた。

「ふたりだけで、いいだろう。様子を見るだけだからな」

源九郎は、刀を手にして土間へ下りた。

ふたりは長屋を出ると、路地木戸の前の通りを竪川の方にむかった。そして、竪川沿いの道を西に歩き、大川にかかる両国橋を渡って賑やかな両国広小路に出た。

「旦那、菅井の旦那がいやしたぜ」

孫六が、源九郎に身を寄せて言った。

「いたな」

源九郎も両国広小路に入ってすぐ、大川端沿いで、菅井が集まった者たちに居合抜きを観せている姿を目にしていた。

源九郎と孫六は賑やかな両国広小路を歩き、柳橋のたもとを過ぎてから左手の通りに入った。そこは奥州街道《おうしゅうかいどう》で、安川屋のある日本橋本町三丁目につづいている。

ふたりは、行き交う人の多い奥州街道を西にむかった。そして、本町三丁目に入ると、通り沿いにある売薬店や薬種問屋などに目をやりながら歩いたが、安川屋は見当たらなかった。

本町三丁目は、売薬店や薬種問屋が多いことで知られた地で、薬を扱う店が目についたが、屋根看板や立て看板に、安川屋と記された店はなかったのだ。

「訊いた方が、早え《はえ》」

孫六がそう言い、通り沿いにあった薬種問屋の店先に近寄り、店から出てきた客らしい年配の男に声をかけた。

「すまねえ、ちょいと聞きてえことがある」

「なんです」

恰幅《かっぷく》のいい商家の旦那ふうの男が、孫六を見て言った。

「この辺りに、薬種問屋の安川屋があると聞いてきたんだがな。どこにあるか、知ってるかい」

「安川屋ですか。この先、二町ほど歩くと右手にありますよ。大きな店なので、行けばすぐに分かります」

そう言うと、旦那ふうの男は、足早に孫六から離れていった。

孫六は源九郎のいる場にもどり、ふたりで通りの先にむかった。二町ほど歩いたとき、源九郎が通り沿いにあった店を指差し、

「その店だ」

と、孫六に声をかけた。

二階建ての大きな店で、脇に立て看板が出ていた。看板には、「仙喜丸《せんきがん》、安川屋」と書いてあった。仙喜丸は、安川屋で売り出した薬であろう。

「繁盛しているようだな」

源九郎が、店を出入りしている客に目をやって言った。

「どうしやす」

孫六が訊いた。

「店に入って、話を訊くわけにはいかないな。どうだ、近所で訊いてみるか。殺された勘右衛門のことで、何か知れるかもしれん」

「通り沿いに、話が訊けるような店はありやせんぜ」

孫六が、通り沿いに軒を並べている商店に目をやって言った。

「そうだな」

源九郎も、話を訊くのは難しいと思った。通り沿いには大店《おおだな》が並んでいたが、客が頻繁に出入りしていた。店に入って、安川屋の主人が辻斬りに殺されたことを持ち出し、店の者から話を聞くのは難しいだろう。

「旦那、そこに路地がありやす」

孫六が、安川屋の斜向かいにある呉服屋を指差して言った。

呉服屋の脇に細い路地があり、地元の住人らしい者が出入りしているのが見えた。

「そこで、訊いてみるか」

源九郎と孫六は、路地に足をむけた。

路地沿いには、小体《こてい》なそば屋、八百屋、下駄屋など暮らしに必要な物を売る店が並んでいた。行き交う人も、地元の住人が多いようだった。

「旦那、そこの八百屋で、訊いてみやすか」

孫六が、路地沿いにある八百屋を指差して言った。

店先で、年配の親爺が近所に住む女房らしい年増《としま》と話していた。年増は、大根を手にしていた。大根を買いに来て、親爺と世間話でも始めたらしい。

孫六は八百屋の店先にむかった。源九郎は路傍に立って、孫六に目をやっている。

孫六が店先に近付くと、年増は孫六に気付き、

「また、来るね」

と、言い残し、そそくさと店先から離れた。

「ちと、訊きたいことがある」

孫六が、親爺に身を寄せて言った。

「なんです」

親爺は、渋い顔をした。孫六が、客ではないと分かったからだろう。

「表通りに、安川屋という薬種問屋があるな」

孫六が声をひそめて言った。

「ありやす」

「おめえ、安川屋の主人が、辻斬りに殺されたことを知ってるかい」

孫六が親爺を上目遣いに見て訊いた。

「知ってやす」

親爺の顔から、渋い表情が拭い取ったように消えた。孫六を、事件のことで聞き込みにきた岡っ引きとでもみたのかもしれない。

「殺された主人のことで、何か耳にしたことはねえかい。商売敵に恨みを買って、殺される前から付け狙われていたとか。主人には情婦《いろ》がいて、家族で揉《も》め事が絶えなかったとか、何かあるだろう」

孫六が小声で訊いた。

「ありやせんねえ。安川屋の旦那は商売熱心で、情婦はいねえし、家族の揉め事など聞いたことがねえ」

「他人に恨まれるようなことは、なかったのだな」

「聞いてねえ。……近所の者にも、好かれるいい旦那でしたぜ」

親爺はそれだけ話すと、「あっしは、忙しいもんで」と言い残し、孫六をその場に残して店に入ってしまった。

孫六は源九郎のそばにもどると、親爺から聞いたことを掻い摘まんで話し、

「勘右衛門は、他人《ひと》から恨みを買うような男じゃァねえ」

と、言い添えた。

「そうか」

源九郎も、勘右衛門はたまたま柳原通りを歩いていて、金のありそうな者を狙っていた辻斬りに殺されたとみた。

それから、源九郎たちは路地沿いにあった別の店にも立ち寄って話を聞いたが、勘右衛門のことを悪く言う者はいなかった。

「長屋にもどるか」

源九郎が、孫六に声をかけた。

七

源九郎と孫六が、日本橋本町に出掛けた二日後、本所松坂町にある亀楽《きらく》に七人の男が集まっていた。亀楽は、縄暖簾《なわのれん》を出した飲み屋である。

七人は、源九郎をはじめとするはぐれ長屋の住人だった。源九郎、菅井、孫六、それに研師《とぎし》の茂次《しげじ》、鳶《とび》の平太《へいた》、砂絵描きの三太郎《さんたろう》、牢人の安田十兵衛《やすだじゅうべえ》である。七人が、はぐれ長屋の用心棒と呼ばれる男たちだった。

源九郎たちは、飯台を前にして腰掛け代わりの空樽《あきだる》に腰を下ろしていた。

源九郎たちは仲間と会って話すとき、亀楽に集まることが多かった。亀楽ははぐれ長屋から近いし、酒もうまかった。それで、源九郎たちは、亀楽を贔屓《ひいき》にしていたのだ。

店内には、源九郎たちの他に客の姿がなかった。主人の元造《もとぞう》は気のいい男で、源九郎たちが頼めば店を貸し切りにしてくれる。

店内に、元造の姿はなかった。元造は酒と肴《さかな》を出し終え、源九郎たちの話の邪魔にならないように板場にもどったのだ。源九郎たちが声をかければ、すぐに顔を出して注文を聞いてくれるはずだ。

「華町の旦那、いい話ですかい」

茂次が訊いた。

「話は、一杯やってからだ」

そう言って、源九郎は脇に腰を下ろしていた孫六の猪口《ちょく》に酒をついでやった。

「今夜は、旨《うめ》え酒が飲めそうだ」

孫六が目を細めて言った。孫六は酒好きだったが、娘夫婦に気兼ねして、長屋ではあまり飲まないようにしていた。そうしたこともあって、孫六は源九郎たちと亀楽で飲むのをなによりの楽しみにしていたのだ。

店内に集まった男たちは、近くに腰を下ろした者と酒を注ぎ合って飲んだ。源九郎は、仲間たちが飲むのをいっとき待ってから、

「今日、みんなに集まってもらったのは、柳原通りで斬られた大店の主人の身内から依頼があったからだ」

と、切り出した。

その場に集まっていた男たちの目が、源九郎に集まった。

「依頼人は、両替屋の松平屋の新しい主人の松太郎。殺された彦兵衛の倅《せがれ》で、まだ店の跡を継いだばかりだ」

源九郎が言った。

男たちは飲むのをやめ、源九郎の話に耳をかたむけている。

「もうひとり、依頼人がいる。松平屋の主人より先に殺された薬種問屋、安川屋の新しい主人、富造からの依頼だ。富造も、殺された父親の勘右衛門の跡を継いで、店主になったばかりらしい。……まだ決め付けられないが、松平屋と安川屋の主人を殺したのは、同じ者たちのようだ」

源九郎が、男たちに目をやって話した。

「相手は複数か」

安田が訊いた。

「ふたりと、みている。……だが、他に仲間がいるかもしれん」

源九郎が言った。

「それで、おれたちの仕事は」

安田が、身を乗り出すようにして訊いた。

「彦兵衛と勘右衛門を殺した下手人を見つけ出して、斬ることだ」

そう言って、源九郎は六人の男に目をやった。

「何か、手掛かりがあるんですかい」

茂次が訊いた。

「手掛かりと言えるかどうか……。ふたりとも、剣の遣い手とみていい。それに、独りは居合を遣うようだ」

「居合だと」

安田が菅井に目をやった。

「斬られた男の傷を見てな。下手人は居合を遣ったとみたのだが、決め付けることはできん」

めずらしく菅井が、慎重な物言いをした。

「いずれ、はっきりするだろう」

源九郎が、言い添えた。

源九郎、安田、菅井の三人のやり取りが途絶えたとき、

「それで、あっしらの御手当は」

茂次が、揉み手をしながら訊いた。

「ここにある」

源九郎は、懐に入れてきた袱紗包みを取り出した。松太郎と富造からもらった金を包んできたのだ。

茂次をはじめ六人の男たちの目が、いっせいに袱紗包みに集まった。

「二百両ある」

源九郎が、袱紗包みに手をやったまま言った。

「二百両ですかい！」

これまで黙っていた三太郎が、声を上げた。他の五人も息を呑んで、袱紗包みを見つめている。

源九郎たちは、これまで相応の金をもらって様々な依頼を受けてきたが、二百両という大金は滅多になかった。

源九郎は、袱紗包みを解いた。切餅が八つ、包んであった。切餅は、一分銀を百枚、方形につつんだものである。一分銀は四枚で一両なので、切餅ひとつで二十五両。したがって、切餅四つで百両、八つで二百両だった。

男たちは八つの切餅を見つめたまま、源九郎の次の言葉を待っている。

「松平屋と安川屋の依頼は、主人だった彦兵衛と勘右衛門を殺した者を見つけ出して討つことだ」

源九郎が言った。

その場にいた他の六人は、すぐに口をひらかなかった。依頼を果たすのは、容易でないことが分かっていたからだ。

「わしは、依頼を受けたのでな。ひとりでもやるつもりだ」

源九郎が、男たちに目をやって言った。

「おれもやるぞ！」

菅井が言った。

すると、安田もやると言い、孫六、茂次、三太郎、平太の四人も、やる、やる、と声を上げた。

「これで、決まった。この金は、七人で分けることにする」

源九郎はそう言った後、

「切餅は八ツある。七人に、ひとつずつ分けるとひとつ余る。余ったひとつは、これから先の飲み代にしたらどうだ。二十五両あれば、しばらく金の心配はせずに飲めるぞ」

と、男たちに目をやって話した。

これまでも、源九郎たちは、仕事の依頼を受けて金を得たときは、七人で当分に分けることにしていたのだ。

「それで、いい」

すぐに、孫六が声高に言った。嬉しそうな顔をしている。酒好きの孫六は、仲間たちと飲むことを楽しみにしていた。これからしばらくの間、金の心配をせずに仲間たちと飲めるのだ。

孫六につづいて、菅井や茂次たちも同意の声を上げた。

「これで、決まった。今夜は金の心配をせず、存分に飲んでくれ」

源九郎が、男たちに目をやって言った。

それから源九郎たち七人は、夜が更けるまで飲んだ。仲間たちと金の心配をせずに飲む酒は、ことのほか旨かった。

第二章　張り込み

一

源九郎が長屋の家で昨晩の残りのめしを湯漬けにして食っていると、安田と孫六が姿を見せた。

「いまごろ朝飯か」

安田が、呆《あき》れたような顔をして言った。

「寝過ごしてしまってな」

源九郎は、茶碗に残ったためしを搔《か》き込んだ。

今日、源九郎は安田と孫六の三人で、柳原通りに行くことになっていた。彦兵衛と勘右衛門が殺された近くで、胡乱《うろん》なふたり連れの武士を見掛けた者はいないか、聞き込みにあたるつもりだった。柳の樹陰にでも身を潜めている武士の姿を目にした者がいるかもしれない。

源九郎はめしを食べ終えると、茶碗と箸を流し場に運び、大小を腰に帯びた。

「行くか」

源九郎が、ふたりに声をかけた。

源九郎たち三人は長屋の路地木戸を出ると、竪川沿いの通りを経て、大川にかかる両国橋を渡った。渡った先が両国広小路で、大勢のひとが行き交っていた。

源九郎たちは、賑やかな広小路を抜け、柳原通りに出た。

柳原通りも、行き交うひとの姿は多かった。それでも、両国広小路に比べると少なく、一息つける。

郡代《ぐんだい》屋敷の脇を通り過ぎると、前方に神田川にかかる新《あたら》シ橋《ばし》が見えてきた。通り沿いには、小屋掛けの古着を売る店が目についた。日中だけひらいている小体《こてい》な店が多く、日が沈むと店の主《ぬし》もいなくなる。

源九郎たちは、さらに西にむかい、和泉橋が見えてきたところで路傍に足をとめた。

「どうだ、この辺りで分かれて聞き込みにあたるか」

源九郎が、安田と孫六に目をやって言った。手分けして聞き込んだ方が、埒《らち》が明くとみたのだ。

「そうしやしょう」

すぐに、孫六が言った。

源九郎たち三人は、一刻（二時間）ほどしたら、和泉橋のたもとに集まることにし、その場で別れた。

ひとりになった源九郎は、柳原通りに目をやり、話の聞けそうな店を探したが、小屋掛けの古着屋ぐらいしか目につかなかった。

源九郎は、神田川の土手側に店を出している古着屋に近付いた。初老の親爺が、若い男と話していた。若い男は古着を買いに店に立ち寄ったらしい。

源九郎は若い男が店から離れるのを待って、店先に立っている親爺に近付いた。

「いらっしゃい。古着ですかい」

親爺が、愛想笑いを浮かべて言った。

「いや、ちと訊きたいことがあってな」

「何です」

親爺の顔から、愛想笑いが消えた。客ではないと分かったからだろう。

「この店は、何刻《なんどき》ごろ閉めるのだ」

源九郎が訊くと、親爺は不審そうな顔をしたが、

「陽が沈むころでさァ」

と、素っ気なく言った。

「この近くで、両替屋の主人《あるじ》と手代が殺されたのを知っているか」

源九郎が、急に声をひそめて訊いた。

「知ってやす」

親爺も、声をひそめた。

「実はな、わしは殺された両替屋の主人の縁《ゆかり》の者でな。無念でならないのだ。町方は辻斬りの仕業とみて、あまり本腰を入れないし……。それで、辻斬りの姿を見かけた者から話が聞けないかと思ってな。来てみたのだ」

源九郎が、しんみりした口調で言った。

「そうでしたかい」

親爺が、ちいさくうなずいた。源九郎の話を信じたらしい。

「辻斬りはふたり連れらしいのだが、この辺りで、胡乱なふたり連れの武士を見

たことはないか」

源九郎が、もっともらしく訊いた。

「胡乱な武士と言われても……。ここは、いろんな男が通りやすからねえ」

親爺は首を捻《ひね》った。

「和泉橋のたもと近くに立っていた二人連れの武士だ」

「そう言えば、何日か前《めえ》、二本差しがふたり、柳の陰に立っているのを見掛けやした」

親爺が言った。

「見かけたか！　そのふたり、暗くなるまで、柳の陰にいたのか」

源九郎が、身を乗り出すようにして訊いた。

「分からねえ。あっしは、暗くなる前に、店をしめて帰《けえ》りやすから」

「そうか。……ふたりを見掛けたのは、その日だけか」

源九郎が、声をあらためて訊いた。

「半月ほど前も、見掛けやした」

「見たか。その日も、ふたりで柳の陰に立っていたのだな」

「そうでさァ」

「ふたりの武士だが、他の場所でも目にしたことはあるか」

「ありやせん」

親爺が、はっきりと言った。

それから、源九郎はふたりの武士の身形《みなり》や顔付きなども訊いたが、手掛かりになるような話は聞けなかった。

「手間をとらせたな」

そう言って、源九郎は古着屋の前を離れると、別の店や通りすがりの者にも声をかけて訊いてみたが、新たなことは分からなかった。

一刻ほど経ったので、源九郎が和泉橋のたもとにもどると、安田の姿はあったが、孫六はまだだった。

「来たぞ、孫六だ」

安田が通りの先を指差して言った。

二

「す、すまねえ。遅れちまった」

孫六が、源九郎と安田に目をやって言った。息が上がっている。孫六は源九郎と安田の姿を目にして、走ってもどってきたのだ。

「孫六、何か知れたか」

源九郎が訊いた。

「それが、てえしたことは分からなかったんで」

孫六が、額の汗を手の甲で拭いながら言った。

「話してくれ」

「両替屋の彦兵衛が殺された前の晩、和泉橋から一町ほど西にいったところで、二本差しふたりと、遊び人ふうの男が、歩いているのを見掛けたやつがいるんでさァ」

「その武士は、彦兵衛たちを襲ったふたりか」

源九郎が、念を押すように訊いた。

「そうだと言い切れねえが、あっしは彦兵衛と手代を殺したふたりのような気がしやす」

孫六が、顔を厳しくして言った。

「わしには、何とも言えんが……。ところで、いっしょにいた遊び人ふうの男は、何者か分かるのか」

源九郎が訊いた。

「それが、分からねえんでさァ」

「うむ……」

源九郎が口をつぐむと、

「おれも、孫六と同じようなことを耳にしたぞ」

安田が言った。

「話してくれ」

源九郎が、安田に顔をむけた。

「おそらく、孫六が聞いた話と同じだと思うが、ふたりの武士と遊び人ふうの男は、博奕《ばくち》の話をしていたようなのだ」

「博奕だと」

「そうだ」

「三人は、賭場《とば》で知り合ったのかな」

「はっきりしないが。……いずれにしろ、金を持っていそうな男を狙って斬り殺すのは、博奕で使う金を手にするためかもしれんな」

安田が顔をしかめて言った。

次に口をひらく者がなく、三人は黙り込んでいたが、

「華町どの、辻斬りのことで、何か耳にしたか」

と、安田が訊いた。

「わしは、たいしたことは、聞いてないのだ。……いずれにしろ、辻斬りふたりは、半月ほど前から和泉橋のたもと近くに身を隠し、金を持っていそうな男が通りかかるのを待って、襲ったらしい」

源九郎は、古着屋の親爺から聞いたことを話した。

「どうする。これ以上、この辺りで聞き込んでも、辻斬りたちに繋《つな》がるようなことは出てきそうもないぞ」

安田が言った。

「今日のところは、長屋に帰るか」

源九郎は、菅井や茂次たちと今後のことを相談しようと思った。

源九郎、安田、孫六の三人は、途中、そば屋に立ち寄って空腹を満たしてから伝兵衛店にもどった。

「あっしが、長屋をまわって集めて来やしょう」

孫六がそう言って、菅井や茂次たちの家をまわった。

小半刻（三十分）ほどして、源九郎の家に新たに顔を出したのは、菅井、三太郎、平太の三人だった。茂次は、長屋にいなかったようだ。茂次の仕事は研師なので、雨天でなければ、伝兵衛店を出て路地裏や長屋などをまわり、包丁や剃刀《かみそり》などを研《と》いで銭を貰っている。

「狭いが、座敷に腰を下ろしてくれ」

源九郎が、菅井たち三人に声をかけた。

座敷に腰を下ろすと、源九郎が話す前に、

「気になることがあるのだ」

と、菅井が顔をしかめて言った。

「何か、あったのか」

源九郎が訊いた。

「井戸端で、お熊と顔を合わせたときに聞いたのだがな。岡っ引きが、おれのことを探っていたらしいのだ」

菅井がお熊から聞いた話によると、岡っ引きは路地木戸近くで長屋の住人をつかまえ、菅井のことを色々訊いたという。

「菅井、岡っ引きに探られるようなことをしたのか」

源九郎が訊くと、安田が身を乗り出し、

「柳原通りで、松平屋の彦兵衛たちを襲ったひとりは、居合を遣うと聞いたぞ。それで、居合を遣う菅井を怪しいとみているのではないか」

と、言って、菅井に目をやった。

「そうかもしれん」

「その岡っ引きは、居合の見世物で暮らしをたてている菅井のことを知っているのではないかな」

源九郎が言った。

「いずれにしろ、岡っ引きに付けまわされたのでは、辻斬りたちを探るどころではないぞ。下手に長屋を出ることもできん」

菅井が渋い顔をした。

「菅井、しばらく様子をみるのだな。これまでどおり、居合の見世物をつづければいい。そのうち、岡っ引きたちも、菅井が辻斬りではない、と分かるはずだ」

「そうするか」

菅井が、仕方なさそうな顔をしてうなずいた。

次に口をひらく者がなく、座敷が重苦しい沈黙につつまれたとき、

「おれたちは、どうする」

安田が、源九郎や三太郎たちに目をやって訊いた。

「そうだな。わしらは、すこし手を変えるか」

源九郎が言った。

「手を変えるとは」

安田が訊くと、その場にいた菅井や三太郎たちの視線が源九郎に集まった。

「聞き込みではなく、張り込むのだ」

「どこに、張り込むのだ」

菅井が身を乗り出して訊いた。

「柳原通りだ。暗くなってからな、和泉橋の近くに身を隠し、辻斬りが姿をあらわすのを待つのだ」

「いい手だ！」

安田が声を上げた。すると、菅井が、

「暗くなってからなら、おれも行こう。岡っ引きに跡をつけられるようなことはないからな」

と、身を乗り出して言った。

結局、源九郎、菅井、安田の三人で行くことになった。相手は腕のたつ武士なので、三太郎や平太、それに孫六は、手が出せないからだ。

三

その日、陽が沈むころ、菅井と安田が源九郎の家に顔を出した。これから、三人で柳原通りに行くのである。

源九郎は座敷から土間へ下りると、

「長丁場になるな」

と、菅井と安田に声をかけた。

「どうだ、酒を持っていくか。三人で、飲みながら待つのだ」

そう言って、安田が源九郎と菅井に目をやった。

「だめだ。酒に酔った身で、討ち取れるような相手ではないぞ。下手をすれば、返り討ちに遭《あ》う」

相手はふたりだが、油断をすれば、斬り殺される、と源九郎は思った。

「酒は我慢するか」

安田が、苦笑いを浮かべて言った。

酒好きの安田も、それ以上酒を持っていくことは口にしなかった。

その日、源九郎たち三人は、暮れ六ツ（午後六時）を過ぎてから和泉橋のたもとに着いた。

まだ、西の空は淡い残照に染まっていた。行き交う人の姿も、目についた。仕事帰りの職人や一杯ひっかけた男などが、通り過ぎていく。

源九郎たちは、土手際で枝葉を茂らせている柳の樹陰に目をやった。身を潜めている者がいないか確かめたのである。

「いないな」

源九郎が言った。樹陰だけではなく、丈の高い雑草で覆われた場所にも目をやったが、人影はなかった。

「しばらく待つか」

菅井が、通りに目をやりながら言った。

源九郎たち三人は柳の陰に隠れて、辻斬りと思われる男が、姿をあらわすのを待った。時とともに辺りは暗くなり、頭上の星の瞬《またた》きがはっきりと見えるようになってきた。辺りが暗くなるにつれ、行き交うひとの姿は少なくなった。

源九郎たちが、その場に来て半刻（一時間）ほど過ぎたろうか。辺りは夜陰に包まれ、通りかかる人の姿も、あまり見られなくなった。酔客や遊び人ふうの男などが、ときおり通りかかるだけである。

「姿を見せないな」

源九郎が言った。

「今夜は、来ないようだ。……辻斬りも、毎晩来るわけではあるまい」

菅井が、生欠伸《なまあくび》を噛《か》み殺して言った。

「帰るか」

源九郎も、このまま待っても辻斬りは姿を見せないような気がした。

「どうだ、帰りに亀楽に寄っていくか」

菅井が、源九郎と安田に目をやって言った。

「いいな。一杯やるか」

源九郎は、このまま長屋に帰っても食うものはないし、冷酒でも飲んで寝るしかないので、菅井たちと亀楽で飲んで帰りたいと思った。

安田もすぐに同意したので、源九郎たちは柳原通りを両国広小路の方にむかった。そして、亀楽に寄って酒を飲んだ。

三人とも、松平屋と安川屋からもらった金があったし、七人で分けて残った金もあった。それで、懐を心配せずに飲むことができたのだ。

翌日、昼過ぎになって、菅井と安田が源九郎の家に顔を出した。

「どうする、今日も行くか」

菅井が訊いた。

「何か、他の手があるか」

源九郎が、菅井と安田に目をやって訊いた。

「ないな。……分かっているのは、下手人はふたりの武士で、柳原通りで辻斬りをして金を奪っていることだけだからな」

菅井が言った。

「気長にやるしかない。なに、かならず、姿を見せる。これまでも、何度か姿を見せているからな。……それに、何とか辻斬りを押さえないと、おれたちが疑われる」

源九郎が言った。岡っ引きのなかに、辻斬りのひとりは居合の遣い手とみて、菅井を探っている者がいるのだ。

「まだ、すこし早いな。いまから行っても、明るいうちに和泉橋に着くぞ」

安田が口を挟んだ。

「華町、将棋でもやるか!」

菅井は声を上げると、「駒を持ってくる」と言い残し、源九郎の返事も聞かずに、戸口から出ていった。

「仕方ない。一局だけ、付き合ってやるか」

源九郎が、苦笑いを浮かべて言った。菅井が駒を持ってきたら、一局も指さずに長屋を出ることはできないだろう。

菅井は将棋盤と駒を持ってくると、勝手に座敷に上がり、駒を並べ始めた。

源九郎も対座し、駒を並べた。安田は渋い顔をして将棋盤の脇に座り、ふたりが指すのを見ている。

源九郎は、一局で終わりにできるよう、菅井に勝たせてやろうと思った。ただ、慎重に指さねばならない。わざと負けたことが知れると、菅井は満足せず、さらに一局指すと言い出すはずだ。

なかなか勝負がつかなかった。源九郎は途中まで真剣に指し、中盤からすこしずつ手を抜いて、菅井が優勢になるように進めたからだ。

源九郎は勝負の先が見えたところで、

「駄目だ。おれの負けだ」

と言って、手にした駒を盤の上に置いた。

「いい勝負だったな」

菅井が目を細めて言った。

源九郎は戸口に目をやり、

「そろそろ行くか。和泉橋に着くころには、暗くなるぞ」

と、菅井に言った。

「行こう」

菅井が、勢い込んで言った。将棋に勝って満足したらしい。

源九郎、菅井、安田の三人は、源九郎の家を出て柳原通りにむかった。

源九郎たち三人が両国広小路を経て柳原通りに出ると、濃い夕闇に染まっていた。人影はまばらだった。遅くまで仕事をしていたと思われる職人や酔った男などが、通りかかるだけである。

源九郎たちは和泉橋のたもとまで行くと、土手際に植えられた柳の樹陰に目をやり、身を潜めている者がいないか確かめた。

「いないな」

それらしい人影はなかった。

「しばらく、様子を見るか」

源九郎が言った。

源九郎たち三人は、柳の樹陰で一刻近くも過ごしたが、それらしい武士は姿を見せなかった。

「今夜は、来ないらしい」

源九郎は、諦《あきら》めて長屋に帰ろうと思った。菅井と安田に話すと、ふたりとも帰る気になった。

四

源九郎、菅井、安田の三人が柳原通りに出掛けるようになってから四日後、源九郎は長屋の家で菅井と将棋を指していた。安田の姿はなかった。自分の家にいるらしい。

源九郎たちは三日間、柳原通りに出掛けたが、辻斬りは姿を見せなかった。それで、諦めたのである。

今朝は雨だったこともあり、菅井は居合抜きの見世物に行かず、源九郎の家に将棋を指しに来たのだ。

将棋を指し始めて、半刻も経ったろうか。雨音が聞こえなくなり、陽が差してきたのか、戸口の腰高障子が明るくなってきた。

「菅井、雨は上がったようだぞ」

源九郎が腰高障子に目をやって言った。

「そうらしいな」

菅井は厳しい顔をして将棋盤を睨《にら》んでいる。形勢は、源九郎にかたむいていた。

「広小路の見世物に出掛けられるではないか」

源九郎が言った。

「駄目だ。見世物より、将棋だ」

菅井の声には、苛立《いらだ》ったひびきがあった。

そのとき、腰高障子に近付いてくる足音がした。

「華町の旦那、いやすか」

障子の向こうで、茂次の昂《たかぶ》った声がした。何かあったらしい。

「いるぞ」

源九郎は座ったまま声を上げた。

すぐに、腰高障子があいて、茂次が入ってきた。ひどく慌てている。

「ま、また、殺《や》られやした！」

茂次が、声をつまらせて言った。

「何があったのだ」

源九郎が訊いた。

「柳原通りで、商人《あきんど》が辻斬りに斬られたようでさァ」

「昨夜か」

「昨日《きのう》の晩らしいと聞きやした」

茂次によると、研師として本所元町《もとまち》をまわっているとき、包丁の研ぎを頼みにきた長屋の女房が話しているのを耳にしたという。

「和泉橋の近くか」

「それが、新シ橋のたもと近くだそうで」

「場所を変えたのか」

菅井が声高に言った。

新シ橋も神田川にかかる橋で、両国広小路に近いところにかかっている。

「おれたちが、和泉橋のたもと近くに張り込んでいたのを気付いたかな」

菅井が言った。

「ともかく、行ってみるか」

源九郎は腰を上げた。

「は、華町、将棋は」

菅井が慌てて言った。

「将棋は後だ。いまは、将棋どころではないだろう」

源九郎は、斬殺された死体が残っていれば、刀傷を見ただけで、下手人が予想できるとみた。

「仕方ない。将棋は、帰ってからにするか」

菅井が肩を落として言った。

源九郎は、帰ってから将棋をやるつもりはなかったが、何も言わず、座敷に置いてあった刀を手にして土間へ下りた。菅井もつづき、茂次と共に長屋の路地木戸にむかった。

賑やかな両国広小路を通り過ぎ、柳原通りに入っていっとき歩くと、前方に神田川にかかる新シ橋が見えてきた。

「大勢、集まってやす」

茂次が、前方を指差して言った。

見ると、新シ橋のたもと近くに人が集まっていた。殺されたのは、ふたりらしい。人だかりは橋のたもと近くと、すこし離れた土手際にできていた。

源九郎たちは、まず土手際のひとだかりに近付いた。集まっているのは、通りすがりの者が多く、様々な身分の者がいた。岡っ引きや下っ引き、それに八丁堀同心の姿もあった。同心は年配の男で、村上ではなかった。

ひとだかりの後ろから覗《のぞ》くと、男がひとり仰向けに倒れていた。苦しげに顔をしかめている。若い男だった。身形から見て手代であろう。

源九郎たちは、人垣を分けて死体に近寄らなかった。後ろについて、集まっている野次馬たちの声に耳を傾けた。様々な声が、聞こえてくる。

野次馬たちのやり取りから、殺された男は、手代で利次郎《としじろう》という名であることが分かった。奉公先は、大橋屋《おおはしや》という呉服屋らしい。

源九郎は前に立っていた男が、その場を離れたので、人だかりのなかへ入った。茂次と菅井も割り込んできた。

見ると、屈《かが》んでいる八丁堀同心の膝先に、倒れている男の姿が見えた。肩から胸にかけて、小袖が切り裂かれ、赭黒《あかぐろ》い血に染まっていた。深い傷らしく、地面にも血が飛び散っている。

……和泉橋のたもとで見た傷と同じだ！

源九郎は、胸の内で声を上げた。

「居合だ！」

菅井が、和泉橋のたもと近くで、手代の利之助に残されていた傷と同じ居合によるものだと話した。菅井は居合で斬ったかどうか、刀傷を見て分かるらしい。

「斬ったのは、同じ男か」

源九郎が訊いた。

「まちがいない」

「和泉橋のたもとではなく、ここに場所を移したわけか」

「そうなるな」

「わしらが、張り込んでいるのを知って、辻斬りの場所をここに移したのではないか」

源九郎は、ふたり組の辻斬りに弄《もてあそ》ばれたような気がして、腹が立った。菅井も同じ気持ちらしく、苦々しい顔をしている。

「もうひとりは、大橋屋の主人かな」

源九郎が言った。

「見てみるか」

「そうだな」

源九郎と菅井はその場を離れ、橋のたもと近くの人だかりに近付いた。茂次も、ふたりの後についてきた。

人だかりを分けてなかほどに近付くと、地面に男が仰向けに倒れていた。男の肩から胸にかけて、羽織と小袖が切り裂かれ、露《あらわ》になった胸が赭黒い血に染まっていた。出血が激しかったとみえ、付近の地面に血が飛び散っている。

「この傷も、和泉橋のたもとで見た傷と似ているな」

源九郎が言った。

「斬ったのは、同じ男とみていい」

菅井が、野次馬たちに聞こえないように、源九郎の耳元に顔を近付けて言った。

「まちがいない。和泉橋のたもとで、松平屋の主人と手代を斬ったふたりが、場所をここに移して、通りかかった呉服屋の主人と手代を殺したのだ。金を奪うためにな」

源九郎は菅井の耳元で言った。

そのとき、人だかりのなかから、「昨夜、この近くで、気味悪い叫び声を聞いた者がいるらしいぞ」という男の声が聞こえた。

源九郎は男の声が気になり、耳をかたむけた。

「悲鳴ではないのか」

別の男が訊いた。

「それがな。気合とも聞こえたし、悲鳴のようでもあったし……。男は幽霊か鬼でも叫んだんじゃァねえかと思ったそうだ」

「そいつは、怖がっていたから、そう聞こえたんだろうよ」

別の男が、揶揄《やゆ》するように言った。

源九郎はその場を離れた。これ以上、死体を見る必要はなかったのだ。

菅井も源九郎につづいて、人だかりから離れた。茂次もすこし遅れて、源九郎たちのそばにきた。

「ここにいても、仕方がないな」

源九郎が言った。

「長屋にもどるか」

菅井は、渋い顔をしている。辻斬りたちに、してやられたと思ったのだろう。

「そうだな」

源九郎たちは、来た道を引き返した。今日のところは、このままはぐれ長屋に帰るつもりだった。

五

その日、はぐれ長屋の源九郎の家に、男たちが集まった。源九郎、菅井、安田、孫六、茂次、三太郎、平太の七人である。

源九郎は柳原通りから家にもどった後、顔を出した茂次に頼んで、安田たちを集めたのだ。

座敷に車座になって腰を下ろした七人の膝先に、貧乏徳利や湯飲みが置いてあった。男たちが、それぞれの長屋の家から持ち寄った湯飲みと酒の入った徳利である。源九郎が茂次に、一杯やりながら話そうと伝えてもらったのだ。

源九郎たちは、持ち寄った酒で喉を潤した後、

「また、辻斬りにしてやられた」

と、源九郎が切り出し、新たに新シ橋のたもと近くで、呉服屋の主人と手代が斬り殺され、大金が奪われたことを話した。

「あっしらより、一枚上手ですぜ」

孫六はそう言った後、手にした湯飲みの酒を飲んだ。酒に目のない孫六は、仲間たちと飲めるのを楽しみにしている。

「このままだと、松平屋と安川屋からもらった二百両は、そっくり返さねばならんぞ」

源九郎が、男たちに目をやって言った。

「駄目だ。あっしは使っちまった」

孫六が言うと、

「おれも、だいぶ使ったぞ」

と、安田が身を乗り出して言った。

「わしも、返すのは無理だ。……返さずに済ませるなら、辻斬りふたりを始末せねばならない」

源九郎の懐にはまだ残っていたが、貰った金をそっくり返すのは無理である。

「何か手は、ないか」

菅井が、男たちに目をやって言った。

次に口をひらく者がなく、部屋のなかは重苦しい沈黙につつまれたが、

「わしにいい手がある」

源九郎が、身を乗り出して言った。

「いい手とは」

菅井が訊いた。

「わしが、囮《おとり》になるのだ」

「囮だと。華町、何をする気だ」

菅井が、驚いたような顔をして訊いた。座敷にいた男たちの目が、いっせいに源九郎に集まった。

「わしが金持ちの大店《おおだな》の主人になってな、辻斬りふたりに襲わせるのだ」

「金持ちだと。……華町は、金持ちには見えんぞ」

菅井が言うと、他の男たちも、うなずいた。

「この恰好《かっこう》では、無理だ。それらしい小袖と羽織を身に着けてな。手代を連れて、暗くなってから柳原通りを通るのだ」

源九郎が、自信ありそうな顔をした。

「華町、小袖と羽織はどうするのだ」

菅井が訊いた。

「古着屋で、借りてくる。すこし、銭を渡せば、貸してくれるさ」

「手代は」

茂次が身を乗り出して訊いた。

「若い、平太がいいな」

源九郎が平太に目をやった。

「やりやす！」

平太が声を上げた。

「まァ、手代は平太の役だろうな。……襲われたらどうするのだ。華町は腕が立つが、相手はふたりとも武士だぞ。それも、遣い手のな」

それまで黙っていた安田が、身を乗り出して言った。

「安田と菅井に頼む」

「おれたちは、何をするのだ」

菅井が訊いた。

「気付かれないようにな。わしらの跡をつけてきて、辻斬りが姿を見せたら駆け付けてくれ」

「承知した」

安田が言うと、菅井もうなずいた。

「あっしらは、何かやることはねえんですかい」

茂次が、身を乗り出すようにして訊いた。孫六と三太郎も、源九郎に顔をむけている。三人とも、何かする気になっているようだ。

「三人にも、頼みたいことがあるのだ」

源九郎が言った。

「何です」

茂次たち三人は、源九郎を見つめている。

「ふたりが、逃げたらな。跡をつけて、行き先をつきとめてくれ」

「承知しやした」

茂次が言うと、孫六と三太郎が大きくうなずいた。

「ただ、無理はするなよ。跡をつけていることに気付かれると、ふたりの武士に何をされるか分からんぞ」

源九郎が、茂次たちに目をやって言った。

「油断はしませんや」

「あっしも、油断はしねえ」

孫六が言い、三太郎もうなずいた。

次に口をひらく者がなく、辺りが静まったとき、

「今夜は、飲んでくれ。酒は、十分ありそうだ」

源九郎が、男たちに声をかけた。

「飲みやしょう」

孫六が声高に言った。

その日、源九郎たち七人は、夜が更けるまで飲んだ。

六

「駄目だ。……だれも、いねえ」

平太が、柳の樹陰に目をやりながら言った。

源九郎と平太は、神田川にかかる新シ橋の近くまで来ていた。橋のたもと近くの柳の樹陰に人影はなかった。

暮れ六ツ（午後六時）の鐘が鳴って、一刻ほど過ぎていようか。柳原通りは、夜陰につつまれていた。日中は賑やかな通りも、いまは人影がなかった。風で柳の枝葉の揺れる音が、絶え間なく聞こえてくる。

「いないな。……ともかく、和泉橋まで行ってみよう」

源九郎が言った。ふたり組の辻斬りは、和泉橋のたもと近くに身を潜めているかもしれない。

源九郎と平太は、さらに柳原通りを西にむかって歩いた。背後を見ると、半町ほども後方に、かすかに人影が見えた。五人いる。菅井、安田、孫六、茂次、三太郎の五人が、源九郎たちの跡をつけてくるのだ。

いっとき歩くと、前方の夜陰に和泉橋が見えてきた。巨大な黒い橋梁《きようりよう》が横たわっている。

「ここにも、いないな」

源九郎が、橋のたもとや土手際の柳の樹陰に目をやりながら言った。

「どうしやす」

平太が訊いた。

「これから来ることはあるまい。……今夜は、帰るしかないな」

源九郎は、辻斬りがいなければどうにもならないと思った。

源九郎と平太は、橋のたもとで踵《きびす》を返した。そして、後続の菅井たちに話し、はぐれ長屋にもどった。

翌日の夜も、源九郎たち七人は柳原通りにきたが、辻斬りは姿を見せなかった。

三日目の夜、源九郎たちはすこし遅めにはぐれ長屋を出た。風のない静かな夜で、満天に星が輝いている。

柳原通りは、ひっそりとしていた。ときおり、遅くまで仕事をした職人ふうの男や酔客などが通りかかるだけである。

源九郎は前方に新シ橋の橋梁が見えてきたところで、背後を振り返った。夜陰に、かすかに人影が見えた。孫六や菅井たち五人が、それと知れないように大きく間をとって、源九郎たちの後からくるのだ。

「今夜も、無駄骨かな」

歩きながら、源九郎が言った。

「そろそろ、姿を見せるような気がしやす」

平太は、今夜も意気込んでいた。

「そうだな」

源九郎も、そろそろ姿を見せるのではないかと思った。それに、今夜は雨や強風に襲われる心配をせずに済むようだ。

そんな話をしながら歩いているうちに、新シ橋のたもとに近付いてきた。

「だれも、いないようだ」

源九郎は、橋のたもとや新シ橋近くの柳の樹陰などに目をやったが、どこにも人影はなかった。

「小屋の陰にも、いませんよ」

平太が、日中は古着を売る店になっている小屋に目をやって言った。そこにも、だれもいないようだ。

「念のため、和泉橋まで行ってみるか」

源九郎が言った。辻斬りは、場所を和泉橋の近くに戻しているかもしれない。

源九郎と平太は、柳原通りを西にむかった。振り返ると、孫六や菅井たちも大きく間をとったまま歩いてくる。

いっとき歩くと、和泉橋が見えてきた。橋のたもと近くに、人影はなかった。

源九郎たちはさらに橋に近付いた。

そのとき、平太が源九郎に身を寄せ、

「いやす！　柳の陰に」

と、声を殺して言った。

見ると、橋のたもと近くの柳の陰に、かすかに人影が見えた。そこは暗く、男か女かも分からない。

「ひとりか」

源九郎は目を凝《こ》らした。

「もうひとり。……同じ柳の陰に」

平太が昂った声で言った。平太は、源九郎より夜目が利くらしい。言われてみないと分からないが、もう一人いるようだ。

「ゆっくり近付くぞ」

源九郎は、歩調を緩めた。後続の菅井たちが近付くのを待つのだ。

源九郎と平太はゆっくりとした足取りで、橋のたもとに近付いていく。樹陰にいる人影は、動かない。

源九郎たちの背後に、菅井たちが近付いてくる。

そのときだった。柳の樹陰から一人が姿をあらわし、ゆっくりとした歩調で、源九郎たちの前にまわり込んできた。すると、もうひとり、樹陰から人影が飛び出し、源九郎たちの背後にまわった。

源九郎と平太は立ち止まり、すぐに近くの柳を背にして立った。背後から攻撃されるのを避けたのである。

源九郎たちの右手から、先に通りに出た男が近付いてきた。黒羽織に袴《はかま》姿で、大小を帯びている。武士体で、牢人には見えなかった。

もうひとりは、左手から近付いてきた。茶の小袖を着流し、大刀を一本落とし差しにしている。こちらは、無頼牢人ふうである。

「辻斬りだ！」

平太が昂った声で言った。

源九郎は、羽織の内側に隠し持っていた刀をすばやく取り出して腰に差した。そして、刀の柄を摑んで、鯉口《こいぐち》を切った。いつでも抜刀できる体勢をとったのである。

「この爺さん、やる気だぞ。それに、刀を持っている」

源九郎の前に立った武士が、驚いたような顔をした。源九郎を町人の年寄りとみて、侮っていたのだろう。

「うぬら、辻斬りだな」

源九郎は、刀の柄を摑んだまま言った。

「知らぬ！」

武士が、叫んだ。

「そろそろ、年貢の納め時だな」

「何者か知らぬが、ここで始末してやる」

武士が抜刀した。

すかさず、源九郎も刀を抜いた。

七

源九郎と武士の手にした刀が、夜陰で青白くひかっている。

ふたりの間合は、およそ三間――。ふたりとも、構えは青眼である。

もうひとりの牢人は抜かず、柄に右手を添えたまま平太の前に立った。平太は、後じさった。

「小僧、命はないぞ」

牢人は、柄に右手を添えたまま抜刀体勢をとった。居合である。抜き打ちざま、平太を斬る気らしい。

平太は恐怖で顔をこわばらせ、さらに後じさった。平太は武器を手にしておらず、逃げるしか手がないのだ。

そのときだった。通りの先で、足音がした。夜陰に、菅井たちの姿が見えた。走ってくる。

すると、源九郎と対峙《たいじ》していた武士が後ずさり、間合をひろくとると、走り寄る菅井たちに目をやった。

「おい、何人もくるぞ!」

武士が驚いたような顔をした。

牢人も後ずさって間合をとり、

「武士が、何人もいる!」

と、声高に言った。

走ってくるのは菅井たち五人で、武士は菅井と安田だけだったが、夜闇のなかで、はっきりしない。おそらく、牢人は、前を走っている安田が刀を差しているのを見て、武士集団と思ったのだろう。

「人数が多すぎる」

武士が言い、刀を手にしたまま後ずさった。

すると、牢人も後ずさり、平太との間があくと、走りだした。つづいて、武士も牢人の後を追って走りだした。

武士と牢人の姿が遠ざかったとき、菅井たちが走り寄った。

「あそこのふたりだ！」

源九郎が、夜陰に遠ざかっていくふたりの男を指差して言った。

「あっしが、跡をつけやす」

茂次が言った。

「おれも！」

平太が身を乗り出した。

「気付かれたら、逃げろ」

源九郎が、ふたりに声をかけた。相手は、腕のたつ武士である。できれば、菅井と安田も茂次たちといっしょに後を追って欲しかったが、夜陰の尾行だと、かえって足手纏《まと》いになるだけだろう。

「先に、長屋へ帰《けえ》ってくだせえ」

茂次が言い置き、平太とふたりで走りだした。

ふたりの姿は、夜陰に吸い込まれるように消えていく。足音だけが、いっとき耳にとどいたが、やがて聞こえなくなった。

「長屋にもどるか」

菅井が言った。

「ここにいても、仕方ないな」

源九郎は、茂次が、長屋に帰ってくれ、と言い置いた言葉を思い出し、帰ることにした。

茂次と平太は、武士と牢人の跡をつけていた。気付かれないように、足音を忍ばせ、物陰に身を寄せながらつけていく。

前を行くふたりは、柳原通りを足早に西にむかった。いっとき歩くと、ふたりは昌平橋《しょうへいばし》のたもとの八ツ小路《やつこうじ》に出た。ここは八方から道が集まっていることもあり、日中は大勢の人が行き交っている賑やかな場所だが、いまはひっそりとして人影はなかった。

武士と牢人は、足早に昌平橋のたもとを横切り、ふたたび神田川沿いの通りに入った。川沿いの道を、さらに西にむかって歩いていく。

その辺りは武家地で、通りの左手には旗本屋敷がつづいていた。右手は、神田川の土手である。行き交う人の姿はなく、神田川の流れの音だけが聞こえていた。

いっとき歩くと、通りの右手に太田姫《おおたひめ》稲荷の杜《もり》が見えてきた。前を行くふたりは稲荷の杜の脇を通り過ぎ、いっとき歩いてから、左手に折れた。そこに道があるらしい。

茂次と平太は、走りだした。前を行くふたりの姿が見えなくなったからだ。足音を気にする必要はなかった。神田川の流れの音が消してくれる。

茂次たちが、武士の姿が見えなくなった辺りまで来ると、通りの先にぼんやりとふたりの姿が見えた。ふたりは、旗本屋敷のつづく通りを足早に歩いていく。

茂次たちは、足音を忍ばせて歩いた。神田川から離れ、足音が聞こえるようになったからだ。

前を行くふたりは、通り沿いにあった旗本屋敷の門の前で足をとめた。そして、表門の脇のくぐりを叩いた。

いっときすると、くぐりの戸がひらき、ふたりは門のなかに入った。

「おい、旗本屋敷に入ったぞ」

茂次が、平太に身を寄せて言った。

「ふたりは、旗本ですか」

平太は驚いたような顔をした。

「近付いてみよう」

茂次と平太は、通り沿いにある旗本屋敷の築地塀《ついじべい》に身を寄せるようにして、ふたりの武士が入った武家屋敷に近付いた。

禄高は、三百石ほどの旗本の屋敷であろうか。片番所付の長屋門を構えていた。門の脇に中間部屋《ちゅうげん》らしい建物があり、その先から築地塀がつづいている。

茂次と平太は通行人を装って、門の前まで行ってみた。中間部屋らしい建物のなかから、灯《あかり》が洩れ、男の話し声が聞こえた。何人かいるらしい。話しているのは、武士ではなかった。中間であろうか。話題は、浅草寺界隈《かいわい》にある女郎屋のことらしかった。

茂次と平太は踵を返して、来た道を引き返した。辺りは深い夜陰につつまれている。ふたりの武士が入った屋敷のことを探るのは、明日からである。

その日、ふたりは夜が更けてからはぐれ長屋に帰った。長屋の家々の灯は消えている。

「華町の旦那は、起きてるぞ」

茂次が言った。

源九郎の家の腰高障子は、明るかった。それに、何人かの男の話し声が聞こえた。菅井や孫六の声である。

茂次が腰高障子をあけた。座敷には、五人の男がいた。源九郎、菅井、安田、茂次、三太郎である。

「ふたりとも、無事か」

源九郎が声高に訊いた。

「このとおり」

茂次が、胸をたたいてみせた。脇に立った平太も、うなずいた。

すると、座敷にいた菅井たち四人からも安堵《あんど》の声が上がった。どうやら、源九郎たち五人は、茂次と平太のことが心配で、それぞれの家に帰らず、源九郎の家で待っていたらしい。

「上がれ、茶を淹《い》れよう」

源九郎が言って、立ち上がった。そして、流し場にあった湯飲みをふたつ座敷に持ってきた。

源九郎は急須の茶を湯飲みに注ぎながら、

「遅いので、心配したぞ。……それで、跡をつけたふたりは、どうなった」

と、茂次と平太に目をやって訊いた。

「昌平橋の先の屋敷に入《へえ》りやした」

茂次が、太田姫稲荷の先を左手に入って間もなく、三百石ほどの旗本屋敷があり、ふたりの武士は、その屋敷に入ったことを話した。

「屋敷の主は、分からないのだな」

「夜なんで、通りかかる者もいねえんでさァ」

茂次が言うと、

「明日にも、出直して探ってみやす」

平太が言い添えた。

「いや、明日はわしも行く」

源九郎が言うと、座敷にいた菅井たちも、「おれも、行く」、「あっしも、行きやす」と口々に言った。

「そう大勢で行くこともあるまい。……菅井に、いっしょに来てもらうかな」

源九郎は、菅井なら、ふたりの武士を遠目に見ても、辻斬りかどうか分かる、とみたのだ。

第三章　敵襲

一

五ツ（午前八時）過ぎであろうか。陽が高くなってから、源九郎、菅井、茂次、平太の四人は、はぐれ長屋を出た。

四人が向かったのは、柳原通りから逃げたふたりの武士が入った昌平橋の先にある旗本屋敷である。

安田や孫六たちも、いっしょに行きたがったが、七人もで行くと人目を引くし、今日のところは、近所で聞き込むだけなので、四人で十分だった。

源九郎たちは、昌平橋のたもとに出ると、さらに神田川沿いの通りを歩いて西にむかった。そして、いっとき歩いてから左手の道に入った。

その道をしばらく歩くと、茂次と平太が足をとめ、

「そこの旗本屋敷でさァ」

と、茂次が言い、片番所付きの長屋門を構えた旗本屋敷を指差した。

「三百石ほどの旗本屋敷だな」

源九郎が言った。

「辻斬りは、あの屋敷の主《ぬし》か」

菅井が、身を乗り出すようにして屋敷を見た。

「屋敷の主であるまい。いくらなんでも、旗本の当主が屋敷を出て、辻斬りをつづけているとは思えない」

「まァ、そうだな」

菅井も、辻斬りは屋敷の当主ではない、と思ったようだ。

「いずれにしろ、屋敷とかかわりのある者だろう。若党か、それとも屋敷の主の縁者か。二男、三男ということもあるな」

源九郎が言った。

「どうだ、近所で聞き込んでみるか」

菅井が通り沿いに目をやり、「旗本屋敷ばかりだ。……屋敷に立ち寄るわけに

は、いかないな」と言い添えた。通り沿いにある屋敷は、いずれも三百石か四百石と思われる旗本屋敷だった。菅井や源九郎のように一目で牢人と知れる者が、屋敷内に入ることはできないだろう。

「通りかかった中間《ちゅうげん》か若党に、それとなく訊いてみるしかないな」

源九郎、菅井、茂次、平太の四人は、ふたりの武士が入った屋敷から、半町ほど離れたところにあった旗本屋敷の築地塀《ついじべい》の陰に身を隠した。そこで、話の聞けそうな者が通りかかるのを待つのだ。

四人がその場に身を隠して、小半刻（三十分）も経っただろうか。通りの先に、中間ふうの男がふたり、何やら話しながら歩いてくるのが目にとまった。

「わしが、ふたりに訊いてみる」

源九郎はそう言い、ふたりの男が近付くのを待った。

そして、ふたりが、源九郎たちの前を通り過ぎると、源九郎が築地塀の陰から通りに出て近寄り、

「しばし、しばし」

と、ふたりの中間の背後から声をかけた。

ふたりの中間は足をとめ、背後を振り返った。老齢の武士がいるのを見て、ふ

たりは首を捻《ひね》った。見たことのない顔だったからだろう。それに、源九郎は界隈《かいわい》で見掛ける旗本とちがって、うらぶれた感じがする。

「ちと、訊きたいことがあってな」

源九郎は、「足をとめさせては、済まない。歩きながらでいい」と言って、ゆっくりした歩調で歩きだした。

ふたりの中間は、怪訝《けげん》な顔をしつつもついてきた。

「わしの知り合いの男がな、そこの旗本屋敷に入ったのだ。あの屋敷の主は、どなたか知っているか」

源九郎は振り返って、旗本屋敷を指差した。

ふたりの中間も、歩きながら振り返り、

「あれは、笠原甚兵衛《かさはらじんべえ》さまの御屋敷ですよ」

大柄な男が、言った。口許に薄笑いが浮いている。腹の内で、笠原家を蔑視しているのかもしれない。

「笠原さまの役柄は」

「先代のころから、非役でしてね。……暇を持て余しているようですぜ」

大柄の男が言うと、もうひとりの小太りの男が、

「ちかごろ、病がちで、奥で臥《ふ》せっていることが多いと聞きやしたぜ。甚兵衛さまは、還暦にちかい年寄だからな」

と、つぶやくような声で言った。

「子供はいないのか。……当主の跡を継いでもいいのではないか」

源九郎が訊いた。

「嫡男の長太郎《ちようたろう》さまが、跡を継ぐと聞きましたがね。長太郎さまも病弱な方らしく、臥せっていることが多いようでさァ」

「兄弟はいないのか」

「弟がいやす」

「弟の名は」

源九郎は、弟が辻斬りのふたりと、何かかかわりがあるのではないかと思った。

「庄次郎《しようじろう》さまで」

「その庄次郎だが、どんな男だ」

さらに、源九郎が訊いた。

すると、大柄な男が、戸惑うような顔をした。もうひとりの小太りの男の顔には、不審そうな表情が浮いている。源九郎が、笠原家のことを根掘り葉掘り訊いたからだろう。

「あっしらは、急ぎの用がありやして」

大柄な男が源九郎に頭を下げて言い、足を速めた。すると、小太りの男も頭を下げてから、大柄な男の跡を追った。

「逃げられたか」

源九郎は、ふたりの後ろ姿を見ながら苦笑いを浮かべた。

源九郎は菅井たちのいる場にもどると、ふたりの中間から聞いたことをかいつまんで話し、

「笠原家の者が、此度《こたび》の事件にかかわっているとすれば、弟の庄次郎だな」

と、言い添えた。

それから、源九郎たちは築地塀の陰に身を隠し、笠原家のことを知っていそうな者が通りかかるのを待った。

「おい、若党らしい男が、ふたり来るぞ」

菅井が、身を乗り出すようにして言った。

笠原家の斜向《はす》かいの屋敷から、ふたりの若侍が通りに姿を見せ、源九郎たちの

いる方に歩いてくる。

「今度は、おれが訊いてみる」

菅井が言い、ふたりの若侍が通り過ぎるのを待って、築地塀の陰から出た。

菅井は若侍の跡を追い、声をかけて、ふたりの若侍と肩を並べて歩きだした。何やら訊いているらしい。

源九郎、茂次、平太の三人は、築地塀の陰から菅井とふたりの若侍に目をやっている。

二

このとき、笠原家の表門の脇のくぐりから、武士がひとり顔を出した。茂次と平太が跡をつけてきた居合を遣う牢人体の男である。

牢人体の男は、菅井の姿を見て、

「あやつ、おれたちを襲った男ではないか」

と、つぶやいた。

男は、菅井たちの跡を追おうとしたようだが、門の脇から動かなかった。菅井たちの姿は遠く、いまからでは追いつけないとみたようだ。

男は通りに目をやった。自分たちを襲った男の仲間が、近くにいるのではないかと思ったのだ。

……いる！

男は、築地塀の陰にいる源九郎たちの姿を目にした。

源九郎たちは、築地塀の陰から身を乗り出すようにして遠ざかっていく仲間の後ろ姿に目をやっている。その姿が、男の目に入ったのだ。

男は、源九郎たちが自分たちのことを探りに来ていると、察知した。そして、すぐにくぐりから屋敷内にもどり、門番所の格子窓の間から、あらためて源九郎たちに目をやった。そこから、居合を遣う牢人体の男や築地塀の陰にいる男たちを見張ろうと思ったのだ。

男が門番所に入っていっときすると、若侍と話していた牢人体の男がもどってきた。そして、仲間の男たちと築地塀の陰に身を隠した。

男は屋敷にもどらず、築地塀の陰にいる男たちに目をやっている。

それから、一刻（二時間）も経ったろうか。築地塀の陰にいた男たちが、通りに姿をあらわした。男たちは、四人である。

四人の男は何やら話しながら、武家屋敷のつづく通りを神田川の方へ歩いていく。

……きゃつらの行き先をつきとめるか。

男は胸の内でつぶやくと、四人の男の跡をつけ始めた。振り返っても、気付かれないように半町ほども離れて歩いていく。

源九郎たち四人は張り込みをあきらめ、神田川の方へむかって歩いていた。今日は、このままはぐれ長屋に帰るつもりだった。

「菅井、それで、何か知れたのか」

源九郎が、歩きながら訊いた。

「知れた。弟の庄次郎のことがな」

菅井が言った。

「話してくれ」

「庄次郎という男は、なかなかの遊び人のようだぞ」

「遊び人というと」

「屋敷には居着かず、屋敷を出て遊び歩いていることが多いようだ」

「仲間もいるのか」

源九郎が訊いた。

「いるようだ。……牢人体の武士もいるし、遊び人らしい町人もいるとのことだ」

「そうか」

源九郎はいっとき黙って歩いていたが、何か気付いたように菅井に目をやり、

「おい、柳原通りで辻斬りをして、松平屋の彦兵衛と安川屋の勘右衛門を殺したのは、庄次郎と仲間の武士ではないか」

と、声高に言った。

「おれも、そんな気がする」

菅井がうなずいた。

そのとき、茂次が、

「笠原家の屋敷に出入りしている男をつかまえて話を聞いたら、辻斬りのこともはっきりしやすぜ」

と、口を挟んだ。

「そうだな」

源九郎も、笠原家の屋敷に出入りしている者から話を聞けば、辻斬りだけでな

く、屋敷に出入りしている牢人や遊び人のことも知れるのではないかと思った。

源九郎たちは、そんなやり取りをしながら歩き、神田川沿いの通りに出ると、両国広小路の方へむかった。

そして、両国広小路から両国橋を渡り、竪川沿いの通りを経て、はぐれ長屋の路地木戸の前に出た。

陽は西の空にまわっていた。淡い残照が、長屋の家々を照らしている。長屋はいつもの喧騒につつまれていた。家々から、赤子の泣き声、子供をしかる母親の声、仕事から帰った亭主のがなり声などが聞こえてくる。

「どうする、このまま家に帰るか」

源九郎が、菅井たち三人に目をやって訊いた。

「華町、まだ寝るのは早いぞ」

菅井が、上目遣いに源九郎を見て言った。

「そうだな。まだ、寝るのは早い」

「やることは、決まっている」

「なんだ」

「将棋だよ。将棋」

「将棋な」

源九郎は、そうくるだろうと思っていたが、今日は一日中歩きまわって疲れていた。将棋をやる気にはなれない。

「菅井、どうだ、将棋はやめて一杯やらんか」

源九郎は、酒でも飲んで横になって休みたかった。

「そうだ！　一杯やりながら、将棋をやればいい」

菅井が声高に言った。

「仕方ない、一局だけ付き合うか」

源九郎が、肩を落として言った。


長屋の路地木戸の前に、牢人体の男がひとり立っていた。笠原家の屋敷から、源九郎たちの跡をつけてきた男である。

「あやつら、この長屋に住んでいるのか」

そう呟いた後、男は通りの左右に目をやった。話の聞けそうな者が、通りかからないか見たのである。

男は、仕事帰りの職人ふうの男を目にとめた。職人ふうの男はひとりで、こちらへ歩いてくる。

「待て、訊きたいことがある」

男は、職人ふうの男に声をかけた。

「な、何です」

職人ふうの男は、声をつまらせた。顔が強張《こわば》っている。いきなり、牢人体の男に声をかけられたからだろう。

「さきほど、おれの知り合いに似た武士が、路地木戸から入ったのだがな。あの長屋に、武士も住んでいるのか」

「お侍も、住んでやす」

職人ふうの男が言った。

「名は知っているか」

「お侍は、何人か住んでやしてね。お侍というだけじゃァだれのことか、分からねえ」

「年寄りだ」

「年寄りなら、華町の旦那でさァ」

職人ふうの男は、すぐに言った。この男も長屋の住人らしい。

「華町という武士は、長屋で何をして暮らしているのだ」

「傘張りでさァ」

「傘張りな。……もうひとり、牢人体の武士もいたのだが、名は知っているか」

「長い髪を垂らしてやしたか」

職人ふうの男が訊いた。

「長い髪だ」

「菅井の旦那でさァ」

「菅井という男は、ふだん何をしているのだ」

「居合抜きの見世物で」

職人ふうの男が、菅井は両国広小路で居合抜きの見世物をして銭を稼いで、暮らしていることを話した。

「この長屋には、いろんな武士が住んでいるのだな。……いや、手間を取らせた。

ふたりとも、おれの知り合いではないようだ」

男は踵《きびす》を返すと、足早に路地木戸から離れた。

三

源九郎が長屋の家で、昨日の残りのめしを湯漬けにして食っていると、戸口に近付いてくる足音がした。

……お熊らしい。

源九郎が、胸の内でつぶやいた。聞き慣れた足音なので、すぐに分かった。

お熊は樽のように太り、色気などまったくなかった。恥ずかしげもなく、太い足の間から、薄汚れた二布《ふたの》を覗《のぞ》かせていたりする。ただ、心根はやさしく面倒見がいいので、長屋の住人には好かれていた。

「華町の旦那、いるかい」

お熊が戸口で声をかけた。

「いるぞ」

源九郎は、手にした箸をとめて言った。

腰高障子があいて、お熊が姿を見せた。

「あれ、いまごろめしを食ってるのかい」

お熊が、驚いたような顔をした。

「昨夜《ゆうべ》のめしが残っていたのでな」

「煮染があるので、持ってこようか」

「いや、もう食べ終わる」

そう言って、源九郎は丼《どんぶり》に残っためしを慌てて搔《か》き込んだ。

源九郎は食べ終わると、あらためてお熊に目をやり、

「何か用か」

と、訊いた。

「昨日ね、路地木戸の前で、お侍が長屋の太吉《たきち》さんに、旦那のことを訊いている
のを目にしてね。気になったので、旦那に話しておこうと思って来たんだ」

「その侍の名は」

源九郎の胸に、笠原家の庄次郎のことが浮かんだ。

「名は、聞かなかった」

お熊が、首をすくめて言った。

「身形《みなり》は」

「小袖だけで、袴《はかま》は穿《は》いてなかったけど……。牢人のような感じがしたね」

「牢人な」

源九郎の脳裏に、辻斬りのひとり、牢人体の武士のことがよぎった。その武士は、源九郎たちが伝兵衛店に住んでいると知って、探りにきたのではあるまいか。

「訊いたのは、わしのことだけか」

源九郎が訊いた。

「菅井の旦那のことも訊いたようだよ」

「どんなことを、訊いたのだ」

「長い髪の武士もいるようだが、何をして暮らしをたてているのだと、訊かれてね。太吉さん、居合抜きの見世物のことを話してたけど……。まずかったかね」

お熊が、困惑したような顔をした。

「お熊、気にするな」

源九郎は、いずれ知れることだが、仲間の六人に話しておく必要があると思った。それぞれの仕事を知られると、仕事先で辻斬り一味に襲われる恐れがある。

「お熊に、頼みがある」

源九郎が、声をあらためて言った。

「なんだい」

「安田と三太郎、それに茂次のところに行ってな。わしのところへ来るように話してくれんか。わしが、菅井、孫六、平太のところをまわる」

源九郎は、六人の仲間を集めようと思った。

「分かったよ。すぐ、行ってくる」

お熊が、戸口から出ていった。

源九郎もお熊につづいて家を出ると、菅井、孫六、平太の家をまわった。菅井と孫六はいたが、平太はいなかった。母親のおしずといっしょに、松坂町の亀楽にいったらしい。おしずは、亀楽の手伝いをしていたので、平太もいっしょにいったのだろう。

源九郎の家に、菅井と孫六が腰を下ろしていっときすると、安田、茂次、三太郎、それにお熊が入ってきた。

「あたし、家に帰るからね。用があったら、声をかけておくれ」

そう言い残し、お熊は戸口から出ていった。男たちと一緒に、座敷に上がるわけにはいかなかったのだろう。

「ともかく、上がってくれ」

源九郎は、男たちに声をかけた。

源九郎は集まった五人が、座敷に腰を落ち着けるのを待って、

「みんなに、話しておくことがある」

と、切り出した。

するど、男たちの目が、源九郎にむけられた。黙したまま次の言葉を待っている。

「胡乱《うろん》な武士が、この長屋を探っていたようなのだ。お熊の話だと、牢人のような身形らしい。……わしは、その男は、辻斬りのひとりではないかとみた」

源九郎の声は静かだが、断定するような響きがあった。

「そうかもしれん」

すぐに、菅井が言った。他の四人も、うなずいている。

「わしらが討とうとしている辻斬りたちは、逆にわしらの命を狙ってくるかもしれん。しかも、この長屋に住んでいることまで、つかんだようだ」

源九郎が、言った。

男たちは口を閉じたまま、虚空を睨《にら》むように見据えている。

「厄介だな」

菅井が、男たちに目をやって言った。

四

「そいつら、ここに踏み込んでくるかな」

茂次が、不安そうな顔をして訊いた。

「その心配は、あるまい。そやつらは、まだ、わしらが長屋のどこに住んでいるか、知らないだろう。それに、わしらは七人もいる。下手に踏み込めば、返り討ちに遭《あ》うとみるはずだ」

源九郎が言うと、男たちの顔に安堵《あんど》の色が浮いた。

「だからといって、安心できんぞ。長屋を出たところで、襲われるかもしれん。それに、わしらは、いつも大勢で出入りするわけにはいかないからな」

「あっしは、研ぎの仕事に出るときに、ひとりになりやす」

茂次が言うと、

「おれも、居合の見世物に出るときは、ひとりだ」

菅井が渋い顔をして言い添えた。

「茂次と菅井だけではない。ここにいる七人は、みんなひとりで長屋に出入りしている。いつも、何人もで一緒にいるわけにはいかないからな」

源九郎が言うと、他の男たちもうなずいた。

「呼び子でも持って、出入りしやすか。呼び子を吹けば、大勢集まりやすぜ。呼び子はあっしが、用意しやす」

孫六が、懇意にしている岡っ引きの栄造や他の知り合いの岡っ引きに話して、古い呼び子を調達してくると話した。栄造は、源九郎たちといっしょに事件にあたったことが、何度もあった。それに、平太が栄造の下っ引きとして、動くこともある。

「孫六に頼むか」

源九郎が言った。長屋の近くで、呼び子を吹けば長屋の者だけではなく、通り沿いにある店から客や店主が出てくるだろう。そうした者たちは戦力にはならないが、騒ぎが大きくなれば、襲撃者たちも身を引くはずだ。

「すぐに用意しやす」

孫六が、男たちに目をやって言った。

その場にいた安田は、戸惑うような顔をしたが、菅井が、

「おもしろい、呼び子で脅してやろう」

と声を上げると、安田もうなずいた。

源九郎たちが集まって、牢人体の武士やその仲間に襲われたときのことを相談した二日後、源九郎は孫六とふたりで、はぐれ長屋を出た。昌平橋の先にある旗本の笠原家の屋敷を探りにいくつもりだった。

「旦那、呼び子を持ちやしたか」

孫六が歩きながら訊いた。

「持った。……孫六は」

源九郎は、昨日、孫六から呼び子を渡されたのだ。

「あっしも、持ちやした」

孫六が、紐《ひも》のついている呼び子を出して見せた。紐は首にかかって、すぐに取り出せるようになっている。孫六が工夫したらしい。

源九郎と孫六は、長屋の路地木戸を出たところで足をとめ、通りの左右に目をやった。

「怪しいやつは、いねえ」

孫六が言った。

源九郎も、怪しい人影は目にしなかった。

源九郎と孫六は通りに出ると、竪川の方へむかって歩きだした。半町ほど、歩いたろうか。通り沿いにあった八百屋の店の脇から、男がひとり通りに出てきた。牢人体である。小袖を着流し、大刀を一本落とし差しにしている。

「やつだ!」

孫六が声を上げた。

源九郎は、牢人に見覚えがあった。柳原通りで顔を合わせた辻斬りのひとりである。

牢人は、源九郎と孫六の行く手を防ぐように前方に回り込んできた。

そのとき、源九郎は背後に近付いてくる足音を耳にした。振り返って見ると、二人の武士が、足早に近付いてくる。ひとりは大柄な武士で、柳原通りで目にした辻斬りである。もうひとりは、何者か分からない。

「だ、旦那、あっしらを襲う気だ!」

孫六がうわずった声を上げた。

「孫六、八百屋を背にしろ!」

源九郎は孫六に声をかけ、すぐに八百屋を背にして立った。背後からの攻撃を避けるためである。

孫六も、慌てた様子で源九郎の脇にまわり込んで来た。

三人の武士は、左右から源九郎と孫六に近付いてきた。三人とも刀の柄《つか》に右手を添え、抜刀体勢をとっている。

店先にいた八百屋の親爺は、慌てて店のなかに逃げた。店の近くにいた通りすがりの者たちも、悲鳴を上げて逃げ散った。

「旦那！　呼び子だ」

孫六が、懐に手をつっ込んで紐のついた呼び子を摑《つか》みだした。

源九郎も小袖の袂《たもと》から、呼び子を取り出した。源九郎と孫六は、顎《あご》を突き出すようにして呼び子を吹いた。

ピリピリピリ……。

甲高い呼び子の音が辺りに響いた。

三人の武士は、足をとめて顔を見合わせた。驚いたような顔をしている。呼び子など吹くとは、思いもしなかったのだろう。

「怯《ひる》むな！」

大柄な武士が、仲間ふたりに声をかけた。

「斬り捨ててくれる！」

そう言って、居合を遣う牢人体の武士が源九郎の正面に立った。他のふたりは、左右にまわり込んできた。

「こいつら、辻斬りだ！　町方に、追われているやつらだ！」

孫六が、通りかかった者たちにむかって大声で叫んだ。

源九郎は、呼び子を吹きつづけている。

すると、通りかかった者たちが、小走りに集まってきて、「辻斬りらしいぞ」、「咎人《とがにん》だぞ」などという声が、あちこちで聞こえた。

五

「手を貸せ！」

源九郎が、集まった野次馬たちにむかって叫んだ。

だが、野次馬たちは、離れた場所で騒いでいるだけだった。近寄るのは怖いし、遠くから何をすればいいか、分からないのだろう。

そのとき、源九郎の前に立った牢人体の武士が、居合の抜刀体勢をとったままジリジリと間合をつめてきた。

「石を投げろ！　こいつらに、石を投げろ」

源九郎が叫んだ。

すると、野次馬たちのひとりが、足元にあった石を拾って牢人にむかって投げた。

石は、牢人の背中に当たった。牢人は顔をしかめて後ずさり、背後に顔をむけた。顔が憤怒《ふんぬ》でゆがんでいる。

「いいぞ！　石を投げろ」

さらに、源九郎が野次馬たちに声をかけた。

すぐに、三、四人の男が石を拾い、三人の武士にむかって投げた。これを見た他の男たちも、石を拾って投げた。

ばらばらと石が飛んできて、三人の武士の背や足に当たった。三人は抜き身を手にしたまま後じさり、

「引け！　この場は引け！」

と、大柄な武士がふたりに声をかけ、他のふたりとともに抜き身を手にしたまま走りだした。

野次馬たちは叫び声を上げ、迫ってくる三人の武士から逃げ散った。三人の武士は逃げる野次馬たちにはかまわず、竪川の方にむかって走っていく。

源九郎は三人の後ろ姿が遠ざかると、すこし離れた場所に立っている男たちに、

「みんなの御陰で、助かった！」

と、声をかけた。

「あいつらは、辻斬りでな。町方に追われてるんだ」

孫六が言い添えた。町方に追われているわけではなかったが、面倒なのでそう言ったらしい。

源九郎と孫六は、集まった野次馬たちがその場を離れるのを待ってから、長屋に足をむけた。これから、笠原家の屋敷を探りにいくわけには、いかなくなった。途中、この場から逃げた三人の武士と鉢合わせするかもしれない。

「旦那、どうしやす」

孫六が訊いた。

「ひとまず、長屋にもどろう」

源九郎は、仲間たちと会って、今後どうするか相談するつもりだった。今日、襲った三人が、このまま手を引くとは思えなかった。源九郎と孫六だけでなく、他の仲間も襲われる恐れがある。

その日、陽が沈むころ、源九郎の家に六人の仲間が集まった。

「華町と孫六は、長屋の前の通りで襲われたそうだな」

すぐに、菅井が訊いた。おそらく、長屋の住人に聞いたのだろう。こうした噂は、すぐに長屋中に広まるのだ。

「それでな、今後どうするか、相談するつもりで、集まってもらったのだ。わしらだけでなく、だれが襲われるか分からないからな」

源九郎が、男たちに目をやって言った。

次に口をひらく者がなく、座敷が重苦しい沈黙につつまれたとき、

「そうかと言って、長屋に籠《こも》っているわけにはいかないぞ」

と、安田が身を乗り出すようにして言った。

「安田の言うとおりだ。……どうだ、向こうが長屋に目を配り、おれたちを襲う気なら、逆におれたちが、そいつらを襲ったらどうだ」

菅井が言うと、座敷に集まっていた男たちの目が、菅井に集まった。

「相手は三人だ。三人なら、おれたちが襲って仕留められるではないか。おれたちは七人だぞ」

さらに、菅井が言った。

「そうだ！　あっしらは、七人だ」

茂次が声を上げた。

すると、集まっていた孫六、三太郎、平太の三人が、「怖がることはねえ！」、「返り討ちにしてやれ！」などと声を上げた。

源九郎は、いっとき男たちのやり取りを聞いていたが、

「いずれにしろ、わしらは、何人かでまとまって動けばいい。それに、きゃつらが長屋に来る前を狙って朝のうちに動けば、わしらに手は出せん」

そう話すと、その場にいた男たちも承知した。

話が一段落し、孫六や三太郎たちの間でおしゃべりが始まると、

「これから、おれたちはどう動く」

安田が、座敷の男たちに目をやって訊いた。

「ともかく、笠原家の屋敷を探ろう。笠原家の次男の庄次郎という男が、辻斬りのひとりとみている」

源九郎が言った。

「よし、明日は笠原家を探りに行こう」

菅井が言うと、座敷にいた男たちがうなずいた。

源九郎たちは、明日、だれが笠原家を探りに行くか相談し、源九郎、菅井、平太、孫六の四人で行くことになった。安田、茂次、三太郎の三人は、長屋に残るのだ。大勢で、探りにいくことはなかったし、長屋や路地木戸近くで何かあったら、安田たち三人で対応する。

「あやつら、長屋に踏み込んでくることはないと思うが、踏み込んできても討ち取ろうなどと思うなよ。三人とも、なかなかの遣い手だ」

源九郎が、安田に目をやって言った。

「承知している。長屋の住人に手を出すようなことがなければ、身を隠して様子を見ている」

安田が、茂次と三太郎に目をやって言った。

「あっしと三太郎は、安田の旦那の指図に従いやす」

茂次が言うと、三太郎がうなずいた。

六

翌朝、源九郎、菅井、孫六、平太の四人は、まだ薄暗いうちに源九郎の家に集まった。四人は、昨夕炊いて残しておいた飯を湯漬けにして食べてからはぐれ長屋を出た。

源九郎たちは両国広小路から柳原通りに出て、神田川沿いの道を西にむかった。そして、新シ橋近くまで来たとき、

「華町、今日はどうする」

菅井が、源九郎に訊いた。

「屋敷の近くで聞き込み、庄次郎と牢人が松平屋の彦兵衛と安川屋の勘右衛門を殺して金を奪ったことをはっきりさせてから、ふたりを討ち取る」

源九郎が、孫六と平太にも聞こえる声で言った。

「おれも、そのつもりでいるが、華町、笠原家の屋敷の近くに張り込んで、通りかかった者に話を訊くだけでは、埒《らち》が明かんぞ」

菅井が言った。

「菅井、何か手はあるか」

源九郎が訊くと、孫六と平太が菅井に目をやった。

「どうだ、笠原家に奉公する若党か中間を捕らえて、話を訊いたら」

「そうするか。……わしもな、気になっていることがあるのだ」

源九郎が言った。

「何だ、気になるとは」

「笠原家の屋敷のことだ。……庄次郎と居合を遣う牢人もそうだが、出入りしている者たちも、真っ当な男ではないような気がする」

源九郎が言うと、

「あっしも、そんな気がしやす」

と、後ろを歩いていた孫六が身を乗り出して言った。

「男たちは屋敷内に、集まって何かしているのではないか」

「酒か、それとも女か」

菅井が、孫六に代わって訊いた。

「それに、博奕《ばくち》かもしれねえ」

孫六が、後ろから首を突き出すようにして言い添えた。

「博奕か！」

源九郎が声を上げた。

「屋敷内に賭場《とば》があるのかもしれねえ。場所は中間部屋か、若党でも住む長屋か」

孫六が言った。

「わしも、賭場があるような気がするが……。いずれにしろ、屋敷内に胡乱な男が集まって、何かしていることはまちがいない」

そんなやり取りをしている間に、源九郎たちは昌平橋のたもとを過ぎ、神田川沿いの通りに出た。そして、いっとき歩いた後、左手の通りに入り、前方に笠原家の屋敷が見えてきたところで、足をとめた。

「また、前と同じ屋敷の塀の陰に隠れるか」

源九郎が、菅井たち三人に目をやって訊いた。

「そうだな」

菅井が言い、四人は以前身を隠した旗本屋敷に足をむけた。その屋敷は笠原家の屋敷から半町ほど離れた場にあり、築地塀の陰から、笠原家の屋敷の長屋門を見ることができたのだ。

源九郎たち四人は、旗本屋敷の築地塀の陰に身を隠した。

それからしばらくすると、通りの先に、若党らしいふたりの男の姿が見えた。ふたりは、なにやら話しながら近付いてくる。

「あのふたりに、訊いてみるか」

菅井が言った。

「いや、笠原家の屋敷から出てくる者を待とう」

源九郎が、菅井だけでなく孫六と平太にも顔をむけて言った。他家に奉公する者では、笠原家の屋敷内で行われていることは、知らないだろう。

「そうだな」

菅井は、それ以上何も言わなかった。

その後、中間や若党らしき男が通りかかったが、いずれも他の旗本に奉公する者たちだった。

「出てこねえなァ」

孫六が、生欠伸《なまあくび》を噛み殺して言った。

それから、小半刻（三十分）ほど経ったろうか。笠原家の屋敷に目をやっていた平太が、

「出てきやした！」

と、身を乗り出して言った。

見ると、笠原家の表門の脇のくぐりから、中間がふたり姿をあらわした。ふたりは表門の前で何やら言葉を交わし、その場で別れた。ひとりが源九郎たちのい

る方に、もうひとりは通りの先へ歩いていく。

「あの中間を捕らえよう」

源九郎が、こちらに歩いてくる中間に目をやりながら言った。

「よし」

「おれが、居合で仕留めてもいいぞ」

菅井が刀の柄に手を添えた。

「菅井、慌てるな！　屋敷から離れてからだ」

源九郎は、笠原家の者に気付かれないように、中間が屋敷から離れるのを待って捕らえようと思った。

ひとりになった中間は、足早に歩いてくる。そして、源九郎たちが潜んでいる築地塀の前を通り過ぎた。

「いくぞ！」

菅井が、先に築地塀の陰から出た。すこし遅れて、源九郎、孫六、平太がつづく。不審を抱かれないように、源九郎たちはそれぞれ間をとって歩いた。

前を行く中間が、源九郎たちの潜んでいた場から一町ほども離れたとき、菅井が仕掛けた。小走りに、中間に迫っていく。

前を行く中間は菅井に気付かず、肩を振るようにして歩いていく。居合で抜き付けざまに峰打ちにするのはむずかしい。居合で抜刀する場合、そのまま敵を斬るように柄を握っているからだ。

ふいに、中間が足をとめて振り返った。背後から近付いてくる菅井に気付いたらしい。

菅井は、抜き身を手にしたまま走った。一気に、中間に迫っていく。

一瞬、中間は凍り付いたようにその場につっ立っていたが、すぐに反転して、走り出そうとした。そこへ、菅井が身を寄せ、手にした刀を横に払った。一瞬の太刀捌《たちさば》きだった。居合の抜き打ちの呼吸である。

刀身が、中間の腹を強打した。

中間は呻《うめ》き声をあげてよろめき、足がとまると、両手で腹を押さえて蹲《うずくま》った。肋骨《あばらぼね》でも折れたのかもしれない。

「動くな!」

菅井が、刀の切っ先を中間の首にむけた。

中間は、逃げようとしなかった。苦しげな呻き声を洩《も》らしている。

「この場は、目立つ、神田川沿いの通りまで連れていくぞ」

源九郎が言い、源九郎、孫六、平太の三人は、中間の左右と前に立った。菅井は背後にまわり、四人で中間を取り囲み、神田川沿いの通りにむかった。

神田川沿いの通りに出ると、人目に触れないような場所を探した。そこへ、中間を連れこんで話を訊こうと思ったのだ。

七

「その椿の陰は、どうです」

孫六が、神田川沿いの空き地を指差した。太い椿が、枝葉を茂らせている。椿の陰にまわれば、通りからは見えないだろう。

そこは、神田川の流れの音が絶え間なく聞こえてくるので、多少の人声は掻き消してくれるはずだ。それに、中間が口を開かないようだったら、はぐれ長屋に連れていけばいい。

源九郎たちは、中間を椿の陰に連れ込んだ。

「名は」

源九郎が、声をひそめて訊いた。その場は思ったより神田川沿いの道に近く、声を大きくすると、通りすがりの者の耳にとどきそうだ。

中間は戸惑うような顔をして源九郎を見たが、

「政吉《まさきち》でさァ」

と、小声で名乗った。相手は何者か分からなかったが、名は知れてもいい、と思ったのだろう。

「政吉、笠原家の次男の庄次郎を知っているな」

源九郎が訊いた。

政吉は戸惑うような顔をして口をつぐんでいたが、

「知ってやす」

と、小声で言った。

「庄次郎と一緒にいることの多い牢人がいるな」

「へい」

「牢人の名は」

源九郎が訊くと、政吉は戸惑うような顔をし、いっとき口をつぐんでいたが、

「知りやせん」

と言って、首を横に振った。

「名を知らないのか」

「へい」

「ところで、笠原家には牢人や遊び人などが出入りしているようだが、屋敷内で何をしているのだ」

源九郎が、政吉を見据えて訊いた。

「知りやせん」

「な、なに!」

源九郎は、思わず大声を出しそうになったが、慌てて口をつぐんだ。通りかかった者の耳にとどいてしまう。

源九郎は胸の内で、「ここで、訊問《じんもん》することはできぬ」とつぶやいた。声をひそめて、やりとりしたのでは、どうにもならない。

源九郎が菅井たちに、

「政吉を、長屋に連れていこう」

と声をかけると、すぐに菅井たちも承知した。この場で、訊問するのは無理だと分かったようだ。

源九郎たちは四人で政吉を取り囲むようにして、賑やかな昌平橋のたもとや両国広小路を通り抜けた。そして、人目につかないように裏通りや新道をたどってはぐれ長屋に連れ込んだ。

「わしの家で、話を訊く」

源九郎は菅井たちに言い、政吉を家に連れ込んだ。

源九郎、菅井、孫六、平太の四人は、政吉を取り囲むように座敷に腰を下ろした。

「政吉、ここはわしの家でな。泣こうが、喚《わめ》こうが、長屋の者たちは見逃してくれるはずだ」

そう言って、源九郎は政吉を見据えた。

政吉は怯《おび》えるような目をして、源九郎を見ている。

「では、訊くぞ。……笠原家に出入りしている牢人の名は」

「し、知りやせん」

政吉が声を震わせて言った。

「うむ……」

政吉は隠している、と源九郎はみた。笠原家の次男と一緒に出入りすることの多い牢人の名を、耳にしないはずはないのだ。

「忘れたのなら、思い出させてやろう」

源九郎は立ち上がり、脇に置いてあった刀を抜くと、刀身を政吉の首筋に当て、「喋《しゃべ》らねば、首を落とす」と言った。

ヒイッ、と政吉は悲鳴を上げ、首を竦《すく》めた。顔から血の気が失《う》せている。

「牢人の名は」

源九郎は、語気を強くして同じことを訊いた。

「な、永山弥七郎《ながやまやしちろう》さま……」

政吉が、牢人の名を口にした。

「永山弥七郎な」

源九郎は、その場にいた菅井たち三人に目をやり、「永山を知っているか」と小声で訊いた。

菅井たち三人は、首をひねっている。どうやら、三人とも知らないようだ。

「居合を遣うな」

源九郎が訊いた。

「そう聞いてやす」

「笠原庄次郎は笠原家の次男と聞いているが、永山とどこで知り合ったのだ」

源九郎は庄次郎の名を出した。旗本の次男と牢人が知り合い、一緒に行動するほどの仲になったのだ。どこかで、相応の出会いがあったはずである。

「……」

政吉はいっとき口をつぐんでいたが、

「お屋敷でさァ」

と、首をすくめて言った。

「牢人の永山が、旗本屋敷に出入りしていたのか」

源九郎が、腑に落ちないような顔をした。

「そうで……」

政吉が小声で言った。

「あの屋敷に、牢人が出入りしているのか」

「牢人の他に、町人も出入りしてやす」

政吉は隠す気が薄れたのか、よく喋るようになった。

「屋敷内に、何かあるのか」

源九郎が政吉を見すえて訊いた。

「賭場でさァ」

「やはり、賭場か」

源九郎たちは賭場ではないかと話していたのだ。

そのとき、源九郎の脇にいた菅井が、

「中間部屋が、賭場になっているのだな」

と、政吉を見据えて訊いた。

「そうでさァ」

政吉によると、表門を入った先の左手に小屋があり、そこが中間部屋になっているという。

「これで、分かった。牢人の永山は、笠原家の屋敷内にある賭場に出入りしているときに、庄次郎と知り合ったのだな」

源九郎が言うと、政吉が首を竦めるようにうなずいた。

「屋敷内の賭場は、何刻《なんどき》ごろにひらくのだ」

源九郎が、声をあらためて訊いた。源九郎たちが屋敷を見張っていたとき、賭場に出入りするような男の姿を見掛けなかったのだ。

「暮れ六ツ（午後六時）の鐘が鳴ってからでさァ」

政吉が言った。

「そうか」

源九郎がうなずいた。どうやら、陽が沈んでから、賭場の客は姿を見せるようだ。

源九郎は座敷にいる菅井や孫六たちに目をやり、何か訊くことはないか、と声をかけると、菅井たちは首を横に振った。

そして、座敷内が静かになったとき、

「あっしを帰《けえ》してくだせえ。知ってることは、みんな話しやした」

と、政吉が源九郎たちに目をやって言った。

「しばらく、この長屋にいろ。死にたくなかったらな」

源九郎が言った。

「……」

政吉が、戸惑うような顔をして源九郎たちを見た。

「おまえが、おれたちに掴まったことは、庄次郎たちにすぐ知れるぞ。それに、おれたちの動きを見れば、おまえが喋ったことも分かる」

「そ、そうかもしれねえ」

政吉が声をつまらせて言った。

「庄次郎たちは、よく帰ってきたと褒めてくれるか。……おれたちに喋ったことを知れば、おまえの首はすぐに飛ぶぞ」

「死にたくねえ」

政吉の体が、顫《ふる》えだした。

「死にたくなかったら、どこかに隠れているのだな。……身を隠すところはあるか」

「浅草に、下駄屋をやっている親がいやす。ほとぼりが冷めるまで、そこに厄介になりやす」

「それがいい」

源九郎は、政吉を逃がしてやろうと思った。政吉も命が惜しいので、笠原家にもどらず、源九郎たちに捕らえられたことを話さないだろう。

第四章　賭場

一

源九郎の家に、七人の男が集まっていた。はぐれ長屋の用心棒と呼ばれる男たちである。

源九郎、菅井、孫六、平太の四人で、中間《ちゆうげん》の政吉を捕らえて話を訊《き》いた翌日だった。昼頃である。孫六と平太が、朝のうちに、安田、茂次、三太郎の家をまわって声をかけておいたのだ。

「昨日、笠原家に奉公する中間から、色々話を聞いてな、だいぶ、様子が知れたのだ。それで、今後どうするか、相談しようと思ってな、みんなに集まってもらったのだ」

源九郎がそう切り出し、昨日、政吉から聞いたことを一通り話した。

「やはり、笠原家の屋敷が、賭場《とば》になっていたか」

安田が、言った。

「そうだ」

「それにしても、旗本屋敷が、賭場とはな」

茂次が顔をしかめた。

「わしらは、賭場を取り締まる気などない。松平屋と安川屋から依頼された、殺された主人《あるじ》と手代の敵を討つだけだ」

源九郎が、男たちに目をやって言った。

「笠原庄次郎と、牢人の永山弥七郎を斬ればいいのだな」

黙って聞いていた菅井が、口を挟んだ。

「そういうことだ」

「笠原と永山は、笠原家の屋敷の賭場に顔を出すのか」

安田が訊いた。

「顔を出すはずだ」

「それなら、賭場の行き帰りに待ち伏せして、まず永山を討ち取ったらどうだ」

安田が言うと、座敷にいた孫六たちがうなずいた。

「いつ通るか、分からんぞ」

「長丁場になるのは、覚悟しないとな」

「ともかく、笠原家の屋敷を見張ってみるか」

源九郎が言った。牢人の永山はともかく、笠原は屋敷に住んでいるらしいので、外で見張っていても討つことは難しい気がした。

「明日にも、笠原と永山を討ちに出かけるか」

菅井が言った。

「そうだな。……ただ、七人もで行くことはないな」

源九郎は、腕のたつ笠原と永山を相手にするので、孫六たちはともかく、菅井と安田には行ってもらいたかった。

「おれが行く」

菅井が言うと、

「おれも行こう」

すぐに、安田も承知した。菅井と安田も、笠原と永山を相手に斬り合いになる、とみたようだ。

「あっしも、行きやす」

　孫六が身を乗り出すようにして言った。

　茂次、三太郎、平太の三人は、黙っている。笠原たちとの斬り合いには、手が出せないと承知しているからだ。

「孫六にも、行ってもらうか」

　源九郎は、屋敷の見張りなり、姿を見せた笠原たちの尾行なり、そのときの状況によって、孫六の出番もあるとみた。

「出かけるか」

　菅井が言った。

「そうだな。これから出かければ、七ツ（午後四時）には笠原家の屋敷に着けるな」

　源九郎は、早く行く必要はないと思っていた。賭場がひらくのは、陽が沈むころとみていい。永山が姿を見せるのは、そのころであろう。

　源九郎たちは、立ち上がった。源九郎、菅井、安田、それに孫六の四人が、長屋の路地木戸にむかった。

　茂次、三太郎、平太の三人は、源九郎の家の戸口に立って源九郎たち四人を見送っている。

陽は高かった。八ツ（午後二時）ごろではあるまいか。源九郎たちは長屋を後にし、竪川沿いの通りに出たところで、目についた一膳めし屋に立ち寄った。まだ昼飯を食ってなかったのだ。

酒好きの源九郎たちも、さすがに酒のことは口にしなかった。これから、笠原や永山と立ち合うことになるかもしれない。酒に酔っていれば、相手に後れをとる。

源九郎たちは空腹を満たすと、賑やかな両国広小路を経て柳原通りを西にむかった。そして、昌平橋のたもとを過ぎ、神田川沿いの通りから笠原家の屋敷のある通りに入った。

前方に笠原家の屋敷が見えてくると、路傍に足をとめ、

「さて、どうする」

と、源九郎が菅井たちに訊いた。

「ともかく、屋敷の近くまで行ってみるか」

菅井が言った。

源九郎たち四人はすこし間をとって歩き、通行人を装って、笠原家の屋敷に近

付いた。

屋敷の表門は、しまっていた。その門の左手の奥に、中間部屋らしき小屋があるが、通りからは、軒下までしか見えない。

表門の前を通るとき、中間部屋からかすかに男の声が聞こえた。ふたりで話しているようだが、賭場をひらいている様子はなかった。

源九郎たちは屋敷の前を通り過ぎ、一町ほど歩いたところで足をとめた。

「まだ、賭場はひらいてないようだ」

源九郎が言った。

「賭場がひらくのは、暮れ六ツ（午後六時）ごろではないか」

そう言って、菅井は西の空に目をやった。陽は屋敷の向こうに沈みかけていたが、暮れ六ツまでには間がありそうだ。

「また、前に見張った築地塀《ついじべい》の陰に身を隠して様子をみるか」

源九郎が、男たちに目をやって言った。

「それがいい」

菅井が言い、安田と孫六がうなずいた。

源九郎たちは来た道を引き返し、以前身を隠した旗本屋敷の築地塀の陰に身を寄せた。通りから、源九郎たちの姿は見えないだろう。

二

源九郎たちは築地塀の陰に身を隠し、通りに目をやっていたが、なかなか永山らしい武士は姿を見せなかった。ときおり、中間や若党らしき男が通りかかったが、笠原家の屋敷に入る者はいなかった。

「来ねえなァ」

孫六がうんざりした顔で言った。

「焦るな。賭場が始まるのは、まだ先だ」

源九郎が、西の空に目をやって言った。

「永山は、来るかな」

菅井が言った。

「来るとみているが」

源九郎はそう言ったが、永山が姿を見せる確信はなかった。

それから半刻（一時間）ほど経つと、陽は西の空の向こうに沈み、屋敷や樹陰などは、淡い夕闇に染まってきた。

そのとき、通りの先に目をやっていた孫六が、

「また、中間が来《き》やすぜ」

と、小声で言った。

見ると、中間らしい男がふたり、何やら話しながら歩いてくる。ふたりの男は、源九郎たちが身を潜めている前を通り過ぎた。

ふたりの会話のなかで、賭場とか、壺振りとかの言葉が聞き取れた。どうやら、ふたりは笠原家の屋敷内にある賭場へ行くところらしい。

源九郎たちが思ったとおり、ふたりの男は笠原家の屋敷の表門の前まで行くと、脇のくぐりから中に入った。

「あのふたり、賭場に来たのだ」

源九郎が言った。

「来る！　三人だ」

菅井が言った。

源九郎たちが通りの先に目をやると、遊び人ふうの男がふたり、その背後に牢人体の武士の姿が見えた。三人は、足早に歩いてくる。

源九郎は、牢人体の武士に目をやった。永山かと思ったが、別人だった。恰幅《かっぷく》

のいい、赤ら顔の男である。総髪で、大小を帯びている。

遊び人ふうのふたりにつづいて、牢人も笠原家の表門の脇のくぐりから、屋敷内に入った。三人とも、賭場に来たにちがいない。

それから、ひとり、ふたりと中間や遊び人、牢人体の男などが姿を見せ、笠原家の屋敷内に入った。

「永山だ！」

孫六が昂《たかぶ》った声で言い、通りの先を指差した。

永山が長身の武士と、何やら話しながら歩いてくる。話している武士も牢人らしい。小袖を着流し、大刀だけを差していた。

そのとき、菅井が刀の柄《つか》に手を添えて、築地塀の陰から通りへ出ようとした。

「待て！」

源九郎が、菅井の肩をつかんでとめた。

永山たちの後方に、別の武士がふたりいた。若党らしい。ふたりは、笠原家とかかわりがあるかどうか分からないが、ここで源九郎たちが飛び出せば、何人もの武士とやり合うことになりそうだ。騒ぎが大きくなれば、笠原家から駆け付けて、源九郎たちに刀をむけるだろう。永山を討つどころか、源九郎たち四人が、討ち取られる。

永山と長身の武士は、何やら話しながら源九郎たちのそばを通り過ぎた。

源九郎たちは、永山と長身の武士が、笠原家の屋敷に入っていくのを見送った。無念そうな顔をして、永山に目をやっていた菅井が、

「こうなったら、賭場に遊びに来たような顔をして屋敷内に入り、笠原と永山を討ち取るか」

と、昂った声で言った。

「そんなことをしたら、大勢で取り囲まれて、わしらは皆殺しだぞ」

源九郎が、呆《あき》れたような顔をした。

「うむ……」

菅井は、渋い顔をして口をつぐんだ。

それから、ひとりふたりと中間ふうの男や遊び人、牢人体の武士などが通りかかった。いずれも賭場に来たらしく、笠原家の屋敷の前で足をとめ、表門の脇のくぐりからなかへ入っていった。

時が経ち、辺りが夜陰につつまれると、笠原家にむかう男の姿も見掛けなくなった。博奕《ばくち》が始まったのだろう。

「どうする」

菅井が訊いた。

「屋敷から出てくるのを待つしかないが……。何かいい手は、ないか」

源九郎が、その場にいる安田と孫六に目をやって訊いた。

「屋敷内に踏み込めば、おれたちは賭場にいる連中に取り囲まれて、斬り殺されるな」

安田が言った。

「なかの様子が分かるといいんだがな。博奕が夜更けまでつづくようなら、出直すしかないが……。朝までこの場に立って待つのは、無理だ。老体には、身が持たぬ」

源九郎が、そう言ったときだった。

「出てきた！」

菅井が声を上げた。

見ると、表門の脇のくぐりから男がひとり姿を見せた。長身の武士である。永山ではなかった。

「あやつ、永山と話しながら笠原家の屋敷に入った男だ」

安田が言った。

長身の武士は、足早に歩いてくる。辺りはすっかり暗くなり、付近に人影はなかった。

「おれが、あの男に賭場の様子を訊いてみる」

菅井がそう言って、長身の武士が通り過ぎるのを待った。

長身の武士が源九郎たちの前を通り過ぎ、すこし離れてから、菅井は通りに出た。そして後ろから武士に追いつくと、何やら声をかけた。ふたりは肩を並べて、何やら話しながら歩いていく。

半町ほど、歩いたろうか。菅井は足をとめて踵《きびす》を返し、源九郎たちのそばにもどってきた。武士の姿は遠ざかり、夜陰に溶け込むように薄れていく。

源九郎たちは築地塀の陰から出て、菅井が近付くのを待ち、

「どうだ、何か知れたか」

と、源九郎が菅井に訊いた。すでに、辺りは夜陰につつまれていたので、身を隠す必要はないと思ったのだ。

「知れた。屋敷内の賭場には、永山の他に笠原もいるようだ」

菅井が言った。

「それで、博奕は朝までつづくのか」

「いや、博奕に負けて、持ち金がなくなった者は、途中で帰るそうだ」

菅井はそう言った後、

「おれが話を訊いた男も、金がなくなったので、仕方なく帰ることになったらしい」

と、薄笑いを浮かべて言い添えた。

「永山は、博奕をつづけているのか」

源九郎は、永山のことが知りたかったのだ。

「そうらしい」

「いつごろ、屋敷を出るか分からないのか」

「博奕は、明け方までつづくそうだ。……途中でやめて出てくるのは、金がつづかなくなった男らしい」

「明け方まで出てこないのか」

源九郎が、渋い顔をして言った。この場に立ったまま、明け方近くまで待つのは苦痛である。それに、待ったとしても、永山を討てるとは限らない。来たときと同じように、何人かの博奕仲間と一緒に来れば、手が出せないだろう。

源九郎だけでなく、安田と孫六も同じことを思ったらしく、渋い顔をしている。

「ここで、明け方まで待てないな」

安田が言った。

「わしも、待てぬ。どうだ。今夜はこれまでにして、また明日出直すか。……永山がここを通るのは夜が明けてからだろう。明日永山がひとりで来れば討てるかもしれぬ」

源九郎は、焦ることはないと思った。明日の夕方、この場に来て、永山が姿を見せなければ、明後日に来ればいいのだ。うまくすれば、永山だけでなく笠原も姿を見せるかもしれない。

「それがいい」

安田が声高に言った。

三

源九郎たちは、笠原家の屋敷に背をむけて歩きだした。このままはぐれ長屋に帰るつもりだった。

源九郎たちが、歩きだしたときだった。

笠原家の屋敷の表門の脇から、中間と遊び人ふうの男が顔を出した。中間は桑《そう》五郎《ごろう》という名で、笠原家に奉公している。遊び人は博奕に負けて金がなくなり、賭場から帰るところだった。桑五郎は、遊び人を門の外まで送り出すつもりで、いっしょに来たのである。

「あの男たち、おれが来るときもいたぞ」

遊び人ふうの男が、月明りのなかにぼんやりと見える源九郎たちの後ろ姿を指差して言った。

「この屋敷を見張っていたのかも知れねえ」

桑五郎が言った。

「どうする」

遊び人ふうの男が訊いた。

「つけてみるか」

「おもしれえ。博奕に負けて、このまま塒《ねぐら》に帰《けえ》ってもやることがねえからな」

「行くぞ」

桑五郎と遊び人ふうの男は門から離れると、小走りに源九郎たちの後を追った。

源九郎たちは神田川沿いの通りに出ると、昌平橋の方に足をむけた。今夜はこのままはぐれ長屋に帰るつもりだった。

源九郎たちは尾行されているなどと、思いもしなかった。それに、神田川の流れの音が絶え間なく聞こえてくるので、足音を耳にするようなこともなかった。

昌平橋のたもとを過ぎ、柳原通りに出た。日中は人通りの多い通りも、いまは人影がなく、柳の枝葉が風に揺れる音が聞こえるだけである。

まだ、ふたりの男は、源九郎たちの跡をつけてきていた。源九郎たちの行き先をつきとめる気なのだろう。

源九郎たちは両国橋を渡り、竪川沿いの道を東にむかった。そして、竪川にかかる一ツ目橋のたもとを過ぎて間もなく左手の道に入った。その道は、はぐれ長屋の前につづいている。

源九郎たちがはぐれ長屋の路地木戸から入ると、尾行してきたふたりの男は、足をとめた。

「おい、ここは伝兵衛店ではないか」

桑五郎が言った。桑五郎は、永山から伝兵衛店のことを聞いていたのだ。

「長屋の名は知らねえが、いま、入った奴らは、ここに住んでるようだ」

遊び人ふうの男は、路地木戸を見つめている。

「あいつら、笠原さまを討つつもりで、屋敷を見張っていたにちげえねえ」

「どうする」

遊び人ふうの男が訊いた。

「屋敷に帰《けえ》って、笠原さまに話す。笠原さまたちが、何か手を打つはずだ」

そう言って、桑五郎は踵を返した。

ふたりは、夜陰につつまれた道を足早に帰っていく。


翌日、昼過ぎになってから、源九郎の家に菅井たち六人が集まった。源九郎、菅井、安田、孫六の四人は、夕方、笠原家の屋敷近くに行くつもりだったので、集まっていたのだ。茂次、三太郎、平太の三人が姿を見せたのは、源九郎たちに何か話すことがあったためらしい。

「華町、茂次たちから話があるそうだ」

菅井が言った。

「話してくれ」

源九郎が、茂次に目をやって言った。

「四ツ（午前十時）ごろらしいんですがね、遊び人ふうの男と二本差しが、路地木戸の前で、おとよとおまつをつかまえて、華町の旦那や菅井の旦那たちのことを訊いたらしいんでさァ」

茂次の顔が、いつになく厳しかった。

おとよは、はぐれ長屋に住むぼてふりの若い女房だった。おまつは、日傭取《ひようと》りの女房である。

「どんなことを、訊いたのだ」

源九郎も、気になった。

「華町の旦那たちの仲間は、長屋に何人ぐらいいるか、訊いたようで」

「それで、おとよたちは話したのか」

「訊かれるまま、長屋にいるあっしら七人のことを話したそうです」

茂次が、苦々しい顔をした。

「おとよたちを、責めることはできぬ。……ふたりの男は、わしらの知り合いとでも話したのかもしれぬ」

源九郎は、おまつもおとよも悪気があって、話したのではないと分かっていた。

「そのふたり、笠原の仲間だな」

菅井が言った。

「そうみていいな」

源九郎も、笠原の仲間が自分たちのことを探りにきたとみた。

次に口をひらく者がなく、座敷は重苦しい沈黙につつまれたが、

「庄次郎たちは、どう動くとみる」

安田がそう言って、座敷に集まった六人に目をやった。

「おれたちを、斬りにくるのではないか。この前のように、路地木戸の近くで待つような生温《なまぬる》いことはするまい。ここに、踏み込んでくるかもしれぬ」

源九郎が言った。

「長屋にいるあっしらを襲うんですかい」

茂次が身を乗り出して訊いた。孫六、三太郎、平太の三人は不安そうな顔をして、源九郎に目をむけている。

「そうみていい」

「厄介だな」

菅井が顔をしかめた。

「相手には、何人か腕のたつ武士がいるとみねばなるまい。わしらがそれぞれの家にいるところを襲われたら、太刀打ちできん」

源九郎はそう言って、いっとき間をとった後、

「そやつらを返り討ちにできるように、何か手を打つのだ」

と、いつになく強い口調で言った。

四

「華町、どうするのだ」

菅井が源九郎に訊いた。その場に集まった男たちの目が、源九郎にむけられている。

「敵は何人で、踏み込んでくるか分からんが、おれたち七人で迎え撃てばなんとかなる」

源九郎はそう言った後、ここ何日かの間、手のすいている者が長屋の路地木戸の前の道を見張り、敵の姿を見掛けたら、長屋にいる仲間たちに報せるように話

した。

「そして、すぐにわしの家に集まってくれ。……わしと菅井、安田の三人で、敵を迎え撃つ」

源九郎が、菅井と安田に目をやって言った。

ふたりは、いつになく険しい顔をしてうなずいた。

「あっしらは、どうしやす」

孫六が訊いた。

「手頃な小石を用意しておいて、わしらの脇から、そいつらに投げつけてくれ」

「おもしれえ！」

孫六が言った。茂次、三太郎、平太の三人も意気込んでいる。

「さっそく今日から、動いてくれ」

源九郎が孫六たちに言った。

「外に出るぜ」

孫六が言い、茂次たちとともに戸口から外に出た。

孫六たち四人は戸口近くで話し、今日は平太が路地木戸の近くで見張ることになった。

その場に残った源九郎、菅井、安田の三人は、敵が踏み込んできたら背後にまわられないように戸口に並んで迎え撃つことを話した。

だが、八ツ半（午後三時）ごろになっても、それらしい男たちは姿を見せなかった。長屋はひっそりとしている。ときおり、赤子の泣き声や子供を叱る母親の声などが、聞こえてきた。

「今日は、来ないかな」

源九郎が、脇にいる菅井と安田に目をやって言った。

「来るとすれば、いまごろではないか。陽が沈むころは、仕事に出ている男たちが帰ってくるからな」

安田が言った。

「おれも、来るならいまごろとみる」

そう言って、菅井は戸口の腰高障子をあけて外を見た。

「おい、武士が来るぞ！　ふたりだ」

平太が声を上げ、走ってくる。

源九郎が菅井の脇から外を覗《のぞ》くと、武士の姿が見えた。ふたり、こちらに小走りに近づいてくる。

「さらに来るぞ！」

菅井が声を上げた。

見ると、ふたりの武士の背後に、三人の武士の姿があった。

「永山がいる！」

五人の武士のなかに、永山の姿があった。笠原の姿はない。他の四人は、笠原家の若党か、金で雇った牢人かもしれない。

五人の武士は、源九郎の家の方に足早にむかってくる。おそらく、長屋の住人に源九郎の家を聞いてきたのだろう。

「後ろから孫六たちが！」

安田が指差した。

見ると、孫六、茂次、三太郎、の三人が、五人の武士の背後から忍び足で近付いてくる。おそらく、平太の声を耳にし、武士たちの後ろからついてきたにちがいない。孫六たちは、手に手に何かをつかんでいた。石らしい。様子をみて、永山たちに投げ付けるつもりなのだろう。

「外で、迎え撃つぞ！」

源九郎が、菅井と安田に目をやって言った。家のなかに踏み込まれると面倒だった。家の戸口の前に立てば、背後にまわられる恐れもない。

源九郎、菅井、安田の三人は、腰高障子をあけて外に出た。そして、障子を背にして立った。

平太は、源九郎たちの後ろにまわり、家の中に入った。

「あそこだ！」

「三人いるぞ！」

永山たちが、声を上げた。

五人の武士は、ばらばらと走り寄ってきた。

源九郎たちは刀の鯉口《こいぐち》を切り、柄《つか》に右手を添えて抜刀体勢をとった。永山たちの背後にいる孫六たちも、小走りになった。

源九郎の前に立ったのは、永山だった。永山は刀の柄に右手を添えて、居合の抜刀体勢をとっている。

ふたりの間合は、およそ二間――。真剣勝負の立ち合いの間合としては近い。長屋の家の前の狭い場所なので、間合を広く取れないのだ。

源九郎は抜刀し、青眼に構えると、切っ先を永山の目にむけた。腰の据わった隙のない構えである。

菅井は、牢人ふうの長身の武士と対峙《たいじ》した。菅井は居合の抜刀体勢をとり、長身の武士は八相に構えていた。遣い手らしく、隙のない構えである。

安田は、大柄な武士と向き合っていた。大柄な武士も、牢人体だった。無精髭が生えている。

安田は、源九郎と菅井の間に立っていた。青眼に構えている。対する大柄な武士も青眼に構えたが、やや剣先が低かった。安田の腹の辺りに向けられている。

残ったふたりの武士は、源九郎の左手と菅井の右手にまわり込んできた。戸口の前は狭いので、左右にまわったふたりは、仲間のふたりより二間ほど身を引いている。

「華町、今日こそ、うぬを斬る」

永山が、居合の抜刀体勢をとったまま言った。

「それほどの腕がありながら、辻斬りとはな」

源九郎が、永山を見据えて言った。

「うぬらも、似たようなものだ。金を貰って、殺しを請け負っているそうではないか」

永山が、口許に薄笑いを浮かべた。

五

「いくぞ！」

永山が声をかけた。居合の抜刀体勢をとったまま、趾《あしゆび》を這《は》うように動かし、ジリジリと間合を狭め始めた。

対する源九郎は、動かなかった。青眼に構えたまま永山の斬撃の気配とふたりの間合を読んでいる。

一足一刀の斬撃の間境まで、あと半間――。

永山の全身に、抜刀の気配が高まってきた。源九郎は気を静め、永山の抜刀の気配と、ふたりの間合を読んでいる。

一足一刀の斬撃の間境まで、あと半歩――。

と、源九郎が読んだとき、ふいに永山の動きがとまった。永山はこのまま斬撃の間境を越えると、源九郎の斬撃をあびると察知したのかもしれない。

イヤアッ！

突如、永山が裂帛《れっぱく》の気合を発した。気合で、源九郎の気を乱そうとしたのだ。

だが、気合を発したことで、永山の抜刀の構えがくずれた。

この一瞬の隙を、源九郎がとらえた。

タアッ！

鋭い気合とともに、源九郎が斬り込んだ。

青眼から袈裟へ――。

刹那《せつな》、永山の体が躍り、シャッ、という刀身の鞘走《さやばし》る音と同時に閃光《せんこう》がはしった。

抜刀しざま、袈裟へ。

袈裟と袈裟――。二筋の閃光がふたりの眼前で合致し、青火が散った。

ふたりは手にした刀を押し合った。鍔《つば》迫《ぜ》り合いである。

だが、ふたりが刀身を押し合ったのはわずかな時間で、すぐに後ろに跳んだ。

そしてすぐに動いた。

源九郎は突くように永山の右手に斬り込み、永山は袈裟に払った。一瞬の攻防である。

ふたりは再び後ろに跳んで間合をとると、源九郎は青眼に、永山は脇構えをとった。永山は、刀を鞘に納める間がなかったのだ。

永山の右の前腕が裂け、血に染まっていた。源九郎の切っ先が、とらえたのだ。対する源九郎は無傷だった。永山の切っ先は、空を切って流れたのである。

「永山、勝負あったぞ！」

源九郎が声を上げた。

「まだだ！」

永山は、憤怒《ふんぬ》に顔を染めて叫んだ。


このとき、菅井は牢人体の武士と対峙していた。

菅井は左手で刀の鍔元を握って鯉口を切り、右手を柄に添えていた。腰をわずかに沈め、居合の抜刀体勢をとっている。

対する武士は八相に構え、剣尖《けんせん》で天空を突くように高くとっていた。腰の据わった隙のない構えだが、体が硬いように感じられた。真剣勝負の経験がすくなく、体に力が入っているせいだろう。

……こやつに、後れをとることはない。

と、菅井は思った。

体に力が入り過ぎると、一瞬の反応が遅れる。それに、斬撃の迅《はや》さも失われるはずだ。

ふたりの間合は、およそ二間半——。菅井が刀を抜かず、居合の抜刀体勢をとっているので、どうしても間合が狭くなるのだ。

ふたりは、対峙したままなかなか仕掛けなかった。武士が菅井の居合を恐れ、間合をつめようとしなかったからだ。

「どうした。つっ立ったままか」

菅井が、揶揄《やゆ》するように言った。

すると、武士の顔が憤怒にゆがみ、八相に構えたままいきなり踏み込んできた。間合が一気に狭まってくる。

菅井は居合の抜刀体勢をとったまま、間合と武士の斬撃の気配を読んでいる。

……あと、二歩！

菅井が胸の内で、抜刀の間合を読んだ。

そのとき、ふいに武士の寄り身がとまった。このまま斬撃の間境を越えると、敵の斬撃をあびると察知したようだ。

そのとき、菅井が居合の抜刀体勢をとったまま、つつッ、と摺《す》り足で間合を狭め、一気に抜刀の間合に踏み込んだ。

タアッ！

　トオオッ！

　気合がほぼ同時にひびき、ふたりの体が躍った。

　菅井は一歩踏み込みざま抜刀して袈裟へ——。

　武士は八相から袈裟へ——。

　袈裟と袈裟。それぞれの切っ先が、相手の小袖を斬り裂いた。だが、菅井の踏み込みの方が深かった。武士の露になった胸に、血の色が浮いた。一方、菅井は小袖を斬り裂かれただけである。

　ふたりは背後に跳び、ふたたび間合を広くとった。

「相討ちか」

　武士が顔をしかめて言った。

「そうかな」

　菅井は、相討ちとは思わなかった。武士は胸の皮肉を切り裂かれ、肌が血に染まっていた。命にかかわるような傷ではないが、武士は斬られたことで気が乱れ、体に力が入って、構えた刀が笑うように震えている。

「いくぞ！」

　菅井は素早い動きで、脇構えにとった。抜いた刀を鞘に納めて、居合の抜刀体勢を取る間がなかったのである。

「居合が抜いたな」

武士が、菅井を見すえて言った。抜刀してしまえば、居合の技は遣えないとみたのだろう。

このとき、菅井の右手にまわり込んでいた痩身の武士が青眼に構えたまま、間合をつめてきた。仲間の胸が血に染まっているのを見て、加勢するつもりになったらしい。

六

安田は大柄な武士と対峙していた。

安田は青眼。武士も青眼に構えている。すでに、ふたりは一合していた。安田の左袖が裂けていたが、血の色はなかった。一方、武士は肩から胸にかけて小袖が切り裂かれ、あらわになった肌が血に染まっていた。安田の切っ先をあびたらしい。

「いくぞ！」

安田が声をかけて、武士との間合を狭め始めた。

武士は、さらに後じさった。気が異常に昂っているらしく、顔が赭黒《あかぐろ》く染まり、青眼に構えた切っ先が、小刻みに震えている。

安田は踏み込み、武士との間合を狭めていく。

そのとき、菅井の右手にまわり込んでいた痩身の武士が、仲間の武士が危ういとみたらしく、安田に近付いてきた。痩身の武士は低い八相に構えて、安田に迫っていく。

このとき、「安田の旦那が、危ねえ！」と孫六の声がし、小石が飛んできて痩身の武士の足許に転がった。孫六が投げたらしい。

痩身の武士は驚いたような顔をして、声がした方に目をやった。

孫六、茂次、三太郎、の三人が、手に手に小石を持って身構えている。源九郎たちに加勢しようとしているのだ。いや、孫六たち三人だけではない。孫六たちの近くに、長屋の住人たちが大勢集まっていた。お熊たち女房連中と子供の姿が目についた。亭主たちは、働きに出ているため少ないようだ。

「石を投げろ！」

「華町の旦那たちの助太刀だ！」

孫六たち三人が叫びながら石を投げると、女房連中や子供たちまで、石を投げ始めた。

源九郎たちと対峙していた男たちにむかって、バラバラと石が飛んできた。そして、男たちの背や足に当たった。

「ひ、引け！」

永山が叫んだ。

その声で、安田と菅井に切っ先をむけていたふたりの武士が後じさり、その場から逃げようとした。

咄嗟《とっさ》に、菅井は手にした刀を峰に返し、

「逃がすか！」

と、叫びざま刀身を横に払った。素早い動きである。

峰打ちが、逃げようとして刀を引いた武士の脇腹をとらえた。武士は呻《うめ》き声を上げ、その場に蹲《うずくま》った。苦痛に顔がゆがんでいる。

「動くな！」

菅井が、武士の首筋に切っ先をむけた。

この間に、永山をはじめ四人の武士が、その場から逃げだした。彼らに向かって、孫六をはじめ長屋の住人たちが、手にした石を投げ付けた。永山たちは悲鳴を上げて路地木戸の方に逃げていく。

永山たちの姿が見えなくなると、孫六や長屋の住人たちが、源九郎たちのいる戸口に近付いてきた。

「みんな、助かったぞ！」

源九郎が、集まってきた長屋の住人たちに声をかけた。

「あいつら、華町の旦那たちを殺す気で来たのかい」

お熊が、源九郎に訊いた。

「そうだ。悪いやつらでな、辻斬りの仲間なのだ。だが、安心しろ。長屋のみんなに、手を出すようなことはないはずだ。それにな、今日、みんなの手で追い出したので、二度と長屋に来ることはあるまい」

源九郎が話すと、集まったお熊をはじめ住人たちの顔に安堵《あんど》の色が浮いた。こどもたちは母親たちの笑顔を見て、はしゃぎ声を上げたり、近くを走りまわったりし始めた。

「何の心配もない。安心して、家に帰ってくれ」

源九郎が、お熊をはじめ住人たちに声をかけた。

住人たちは、お喋《しゃべ》りをしながら帰っていく。子供たちのなかには、その場に残って遊び始めた者もいる。

源九郎は、戸口の前で蹲っている武士の腕を掴《つか》んで立たせると、家に連れ込み、座敷に上げた。菅井をはじめ、六人の男も座敷に上がり、源九郎と捕らえた男を取り囲むように腰を下ろした。

「おぬしの名は」

源九郎が訊いた。

「……」

武士は口をひらかなかった。苦しげに顔をしかめ、膝先に視線を落としている。

「名は！」

源九郎が、語気を強くして訊いた。

「さ、佐川重蔵《さがわじゅうぞう》……」

武士が声をつまらせて名乗った。

「牢人か」

「そ、そうだ」

「わしら三人も、牢人だ。それも、長屋暮らしのな」

源九郎が言った。

すると、佐川は源九郎をはじめ、座敷にいた菅井と安田に目をやったが、何も言わなかった。

「おぬし、永山たちの仲間か」

源九郎が永山の名を出して訊いた。

佐川はいっとき口をつぐんでいたが、

「そうだ」

と、小声で言った。いっしょに、長屋に踏み込んできた永山のことを、知らないとは言えなかったのだろう。

「笠原家の屋敷の賭場で知り合ったのか」

源九郎が訊いた。

佐川は、戸惑うような顔をしたが、無言で頷《うなず》いた。

「ところで、永山の塒を知っているか」

源九郎は、塒が知れれば、笠原家の屋敷を見張らずに、永山を討つことができるとみた。

「福井町《ふくいちょう》と聞いている」

佐川は、隠さずに話すようになった。すこし話したことで、隠す気が薄れたのだろう。

「福井町のどこだ」

浅草福井町は、一丁目から三丁目まである広い町だった。福井町と分かっただけでは、捜すのはむずかしい。

「三丁目だ」

「自分の屋敷ではあるまい。……借家か、それとも長屋か」

「借家らしい。情婦《いろ》がいっしょだと聞いている」

「情婦といっしょか」

源九郎は、これだけ分かれば、永山の塒はつきとめられるとみた。

七

「他に訊くことはあるか」

源九郎が、座敷にいる仲間たちに目をやった。

すると、孫六が源九郎に顔をむけ、

「あっしから、訊いてもいいですかい」

と、身を乗り出すようにして言った。

「訊いてくれ」

源九郎が言った。

「牢人が、笠原家の屋敷に何人も集まっているが、どういうわけだい」

孫六は佐川を見据えた。

「笠原どのは一刀流を遣うが、道場の門弟だった者たちとのつながりが、いまもあるようだ。それに、浅草の女郎屋ややくざの親分が貸元をしている賭場で知り合った者たちもいるらしい」

「似たような連中が、いまでも繫《つな》がってるってことかい」

「そうだ」

「ところで、旗本の倅が辻斬りに出掛け、商家の旦那を斬り殺してまで、金を奪うのはどういうわけだ」

孫六が、語気を強くして訊いた。

佐川は、いっとき虚空に目をやって口をつぐんでいたが、

「遊ぶ金が欲しかったのだろうな。それに、笠原どのたちは、人を斬るのを楽しんでいたようだ」

と、つぶやくような声で言った。

「なんてえ、やつらだい！」

孫六の顔に、怒りの色が浮いた。その場にいた源九郎たちも、顔をしかめている。人を殺して楽しむなどという残忍な悪事に、強い憎悪を覚えたのだ。

次に口をひらく者がなく、座敷が重苦しい沈黙につつまれたとき、

「ところで、笠原はちかごろ己の屋敷から出ないようだが、何か理由《わけ》があるのか」

それまで黙っていた安田が訊いた。

「よく分からんが、おぬしたちを恐れているのかもしれぬ。……それで、おれたちに、おぬしたちを討つよう、頼んだのだろう」

佐川には、三両手渡したという。

「三両か。おれたちの命も、安いものだ。……ちかごろ、笠原は、屋敷にいて辻斬りに出ないのか」

「出ないようだ」

「おれたちに襲われるのを恐れているわけか」

安田は、源九郎に顔をむけてちいさくうなずいた。おれから訊くことは、これ

だけだと知らせたのである。

次に口をひらく者がなく、座敷が静まると、

「佐川だが、どうする」

菅井が、座敷にいる男たちに訊いた。

「長屋の裏手で、首を落としてもいいが、それも可哀相だな」

源九郎が、佐川に目をやった。

「お、おれの知っていることは、みんな話した。笠原や永山とは、手を切る。笠原家にも、行かぬ」

佐川が声を震わせて言った。

「そうだろうな。おぬしがわしらに喋ったことは、すぐに、笠原たちに知れる。下手に、笠原家の屋敷に顔を出したりすれば、おぬしの命はないからな」

「……！」

佐川の顔が、ひき攣《つ》ったように歪《ゆが》んだ。佐川も、笠原たちに会えば、殺されるとみたようだ。

「どこか、身を隠すところがあるか」

源九郎は、佐川を殺すつもりはなかった。それに、佐川が笠原たちの許にもど

ることもないはずだ。

「伯父が、赤坂《あかさか》にいる」

「赤坂か。遠いな。笠原たちから身を隠すには、いいかもしれん」

「ほとぼりが冷めるまで、伯父のところに身を隠す」

「笠原たちに、知られぬように赤坂にむかうのだな」

「そ、そうする」

佐川の声は、まだ震えていた。

「ここから出ていいぞ」

源九郎が言った。

佐川は無言で立ち上がり、座敷にいる男たちに首を竦《すく》めるように頭を下げると、そのまま土間に下りた。そして、もう一度源九郎たちに頭を下げてから、腰高障子をあけて出ていった。

佐川の姿が見えなくなると、

「あっしが、様子を見てきやす」

孫六が言って、立ち上がった。

源九郎たちは戸惑うような顔をして、戸口から出ていく孫六の背に目をやった。佐川がどこへ行こうと構わないのだ。

いっときすると、孫六がもどってきた。孫六は座敷に上がり、源九郎たちの前に腰を下ろした。

「佐川は、竪川の方にむかいやしたぜ」

孫六が、男たちに目をやって言った。

「そうか」

源九郎は、苦笑いを浮かべた。佐川は、竪川沿いの道に出るとみていた。赤坂に行くには、竪川沿いの道から大川端の道に出て川下にむかうはずである。

「さて、おれたちはどうする」

菅井が、男たちに訊いた。

「わしらが頼まれたのは、殺された松平屋の彦兵衛と安川屋の勘右衛門の敵を討つことだ。それには、笠原と永山を斬ればいい」

源九郎が、座敷にいる男たちに目をやって言った。

八

翌朝、源九郎、菅井、孫六、平太の四人は、はぐれ長屋を出て浅草福井町にむかった。永山の情婦の住む借家を捜すためである。安田、茂次、三太郎の三人も行くと言ったが、長屋に残ってもらった。長屋に、笠原に頼まれた者たちが踏み込んでこないとも限らないので、安田たちに残ってもらったのだ。

源九郎たちは、竪川沿いの通りに出て両国橋にむかった。そして、賑やかな両国広小路に出ると、人通りの多い浅草橋を渡った。

渡った先が茅町《かやちよう》一丁目で、源九郎たちはいっとき北にむかって歩いた後、左手の通りに入った。通りをしばらく歩くと、福井町一丁目に出た。

通りには、行き来する町人の姿が目についた。通り沿いには、米屋、八百屋、一膳めし屋など、町人相手の店が並んでいる。

「三丁目だったな」

源九郎が言い、西にむかう通りに足をむけた。福井町三丁目は、一丁目の西方にひろがっている。

源九郎たちは通りをしばらく歩き、この辺りが三丁目ではないかと見当をつけた。そして、道沿いにあった稲荷《いなり》に足をむけた。

赤い鳥居があり、その先に稲荷の祠《ほこら》があった。祠のまわりに、樫、椿、松などの常緑樹が植えられていた。辺りに人気《ひとけ》はなく、ひっそりとしている。

源九郎が通りかかった地元の住人らしい男に、この辺りは何丁目か訊くと、

「三丁目でさァ」

男が教えてくれた。

「借家らしい家は、ねえなァ」

孫六が通りに目をやって言った。

「どうだ、四人でいっしょに歩きまわっても、埒《らち》が明かぬ。半刻（一時間）ほどしたら、この場にもどることにして、分かれて捜さぬか」

源九郎が、菅井たち三人に訊いた。

「それがいい」

菅井が言うと、孫六と平太もうなずいた。


ひとりなった源九郎は、通りの先を見渡し、一膳めし屋の脇に細い道があるのを目にとめた。

源九郎は、借家があるとすれば表通りではなく、脇道であろうと見当をつけ、一膳めし屋の脇にあった道に入った。

そこは町人地で、行き交う人は地元の住人と思われる者が多かった。道沿いに

は、八百屋や米屋など暮らしに必要な物を売る店が並んでいる。

いっとき歩くと、道沿いの店はすくなくなり、空き地や笹藪《ささやぶ》などが目につくようになった。

源九郎は通りかかった地元の住人らしい男に声をかけ、

「近くに、借家はないか」

と、訊いてみた。

「借家かどうか、はっきりしねえが、それらしい家はありやす」

男によると、この道を二町ほど歩くと、道沿いに借家らしい家屋が二棟並んでいるという。

源九郎は男に礼を言って、さらに通りの先にむかった。二町ほど歩くと、男が言っていた通り、同じ造りの家屋が二棟並んでいた。借家らしい。

……住人を探ってみるか。

源九郎は胸の内でつぶやき、通行人を装って、手前の借家に近付いた。

家のなかから、赤子の泣き声と子供をあやすような女の声が聞こえた。女は母親らしい。

源九郎は、永山の情婦が住んでいる家ではないと思った。情婦に、赤子がいるとは思えなかったのだ。

源九郎は、二軒目の家の戸口に近付いた。ひっそりとしていたが、廊下を歩くような足音が聞こえた。

その足音を聞いて、家にいるのは、女のようだ、と源九郎は思った。他に、人声や物音は聞こえなかった。

源九郎は家の前を通り過ぎ、半町ほど離れてから路傍に足をとめた。情婦が住んでいるのは、二軒目の家とみたが、念のため近所の者に訊いてみようと思った。

路傍に立って通りの先に目をやると、母親らしい女が四、五歳と思われる女児を連れて歩いてくる。

源九郎は子供連れの女が近付くのを待って、

「しばし、訊きたいことがある」

と、女に声をかけた。

女は驚いたような顔をして源九郎を見た。女児は目を丸く剥《む》いて、源九郎と母親を交互に見ている。

「すまぬ。驚かしてしまったか。……ちと、訊きたいことがあってな」

源九郎は母親だけでなく、女児にも顔をむけて笑みを浮かべた。

「何でしょうか」

母親は表情を和らげた。源九郎の笑みをみて、安心したようだ。

「そこに、借家が二軒あるな」

源九郎は、まず借家かどうか確かめようとしたのだ。

「はい」

母親がうなずいた。

「わしの知り合いが、この辺りの借家に住んでいると聞いて参ったのだがな。どちらの家に武士が住んでいるか、ご存じかな」

源九郎は、情婦が住んでいるとは言わなかった。母親が答えづらいだろう、と思ったのだ。

「知っています」

母親が小声で言った。

「どちらの家かな」

「手前の家です。先の家は、大工さんの家族が住んでいます」

「そうか。……いや、手間を取らせた」

源九郎は、じっと見つめている女児に、「いい児だな」と笑みを浮かべて言った。

母親は源九郎に頭を下げると、女児の手を引いて離れていった。

源九郎は母子の姿が遠ざかると、来た道を引き返した。そして、永山の情婦が住んでいると思われる借家の前で足をとめた。

今度は、物音も足音も聞こえなかった。家はひっそりとしている。情婦は座敷に腰を下ろして、茶でも飲んでいるのかもしれない。

そう思って、源九郎が家の前から離れようとしたとき、通りの先に孫六の姿が見えた。孫六は足早に歩いてくる。

源九郎は、急いで借家の前から離れた。すこし、離れた場所で孫六と話そうと思ったのだ。

孫六は源九郎の姿を目にすると、驚いたような顔をして足をとめた。そして、近付くのを待ち、

「旦那、永山の情婦の住む家を見当がついたんですかい」

と、小声で訊いた。

「そうだ。孫六も、情婦の家に見当がついたのだな」

「へい」

「情婦はいるが、永山は来てないようだ」

源九郎が、家の前まで行って、なかの様子をうかがったことを話した。

「永山は留守か」

孫六が残念そうな顔をした。

「なに、情婦らしい女の家をつきとめたのだ。そのうち、永山は顔を出す。焦ることはない」

源九郎は、「稲荷の前に、もどろう」と言い添えた。菅井たちが、もどっているのではあるまいか。

源九郎と孫六が稲荷の前まで来ると、菅井と平太の姿があった。源九郎たちを待っていたらしい。

「歩きながら話すか」

と、源九郎が言い、四人は来た道を引き返した。

源九郎が、情婦が住んでいると思《おぼ》しき家に永山がいなかったことを話し、

「今日はいなかったが、永山はあの家に姿をあらわすはずだ」

と、言い添えた。

……永山は、情婦の住む家にかならずくる。
源九郎は胸の内でつぶやいた。

第五章　居合と居合

一

四ツ（午前十時）ごろ、源九郎、菅井、孫六の三人は、福井町三丁目にある稲荷《いなり》の前に足をとめた。三人は、永山を討つために来たのだ。昨日も来たのだが、永山が情婦《いろ》と住むと思《おぼ》しき家にいなかったのである。

三人だけで来たのは、相手が永山ひとりなので、源九郎と菅井がいれば、後れをとるようなことはないとみたのだ。

「華町、おれが永山とやりたいのだがな」

菅井が言った。

「かまわんが……」

源九郎は永山と戦うつもりで来ていたので、内心迷った。

「永山は居合を遣う。おれも居合だ。どちらが迅《はや》いか、試してみたいのだ」

「まかせてもいいが、菅井が危ういとみたら、すぐに助太刀に入るぞ」

源九郎は、菅井と永山の近くにいて、ふたりの勝負の様子を見ようと思った。ただ、居合は一瞬のうちに勝負が決まることがあるので、懸念はあった。

「借家に行きやしょう」

孫六が、源九郎と菅井に声をかけた。

源九郎たち三人は、一膳めし屋の脇の道に入った。その道の先に、永山の情婦が住むと思しき借家がある。

源九郎たちは、前方に二棟の借家が見えてくると路傍に足をとめた。

「永山はいるかな」

源九郎が、借家に目をやって言った。

「あっしが、様子をみてきやす」

孫六は源九郎と菅井をその場に残し、ひとりで借家に足をむけた。

源九郎と菅井は路傍に立ち、孫六がもどるのを待った。通りには、ちらほら人影があった。町人が多かった。職人ふうの男やぼてふり、ふたり連れの町娘、遊ぶ子供の姿もあった。どこででも見かける町人地の光景である。

孫六は奥の借家の前まで行くと、戸口近くに足をとめて屈み込んだ。草鞋《わらじ》でも直すふりをして、家の中の様子をうかがっているらしい。

孫六は立ち上がり、家の前を通り過ぎて半町ほど歩いてから足をとめた。そして、踵《きびす》を返すと、足早にもどってきた。

孫六は、源九郎と菅井に近付くと、

「家には、女しかいねえ」

と、肩を落として言った。

「永山は、家にもどっていないのか」

源九郎が念を押した。

「家のなかから、足音が聞こえただけでさァ。女の足音に、まちがいねえ。他に、ひとのいる気配はなかったので」

「そうか」

源九郎は、孫六が探ってきたことにまちがいはない、と思った。おそらく、永山は昨日から借家に帰っていないのだ。

「どうする」

菅井が源九郎に訊《き》いた。

「せっかく来たのだ。このまま長屋に帰る気にはなれんな」

「近所で、聞き込んでみやすか」

孫六が口をはさんだ。

「そうだな。借家にいる情婦に気付かれないように、すこし離れた場所で訊いてみるか」

そう言って、源九郎は通りに目をやった。

源九郎は、通り沿いにある八百屋を目にとめた。店先で、町人の女房らしい女が青菜を手にして店の親爺と話している。

「わしが、八百屋の親爺に訊いてみる」

源九郎は、親爺から話を聞けば、借家に住む情婦のことも知れるのではないかと思った。

源九郎が店先に近付き、

「ちと、訊きたいことがあるのだがな」

と、口許に笑みを浮かべて言った。突然、声をかけて、女に怖がられないように気を遣ったのだ。

「何です」

親爺が、首をすくめて訊いた。相手が武士なので警戒しているらしい。

女は店先から離れたいような素振りを見せたが、源九郎が自分にも顔をむけて笑みを浮かべているのを目にして、その場にとどまった。

「女将《おかみ》さんにも、訊きたいんだが、この先に借家があるな」

源九郎が、穏やかな声で言った。

「ありやす」

親爺が言うと、脇に立っていた女もうなずいた。

「実は、わしの知り合いの男がな、先の家の主人らしいのだ」

源九郎が、急に声をひそめた。

「そうですかい」

親爺も、声をひそめた。女は青菜を手にしたまま、源九郎に一歩近付いた。話に興味を持ったらしい。

「あの家の主《ぬし》は、武士でな。用があってきたのだが、女しかいないらしい」

「いなかったんですかい」

「ちかごろ、あの家にいる武士の姿を見掛けたかな」

「そう言えば、ここ何日か見掛けねえが……」

親爺が、首を捻《ひね》った。

「あたし、四、五日前に見掛けましたよ」

女が、身を乗り出して言った。

「見掛けたか。何刻《なんどき》ごろかな」

「陽が傾いていたから、七ツ（午後四時）ごろかもしれません」

「武士が、あの家に入るところを目にしたのかな」

「いえ、家から出るところでした」

女によると、借家に住む女が戸口に出て、武士を見送っているのを目にしたという。

「七ツごろ、家を出たのか。情婦のところに、泊まりにきたのではないのか」

「ちがうようですよ。わたし、前にも、陽が沈むころ、お侍が家から出ていくのを見たことがあります。……でも、近ごろ、あまりあの家には来ないようですよ」

「まさか、別のところにも情婦をかこっているわけではあるまいな」

源九郎はそう言ったが、すぐに気付いた。永山は、賭場《とば》になっている笠原家の屋敷に行き、そこで夜を明かすことが多くなったのだろう。

「そんなことはない、と思うけど……」

女は口許に薄笑いを浮かべ、前に立っている親爺に目をやった。情夫に捨てられた女のことを思い浮かべたのかもしれない。

「あの家の旦那は、夜遊びが好きなんでさァ」

親爺も、薄笑いを浮かべている。

「夜遊びな」

源九郎は、賭場のことを口にしなかった。

「いつ、帰《けえ》るか、分かりませんぜ」

親爺が言った。

「帰るか。……無駄骨だったらしい」

源九郎はそう言い残し、菅井と孫六のいる方に足をむけた。

二

「ここにいても、仕方がない。今日のところは、長屋に帰ろう」

源九郎が、菅井と孫六に目をやって言った。

「華町、何か知れたのか」

菅井が歩きながら訊いた。

「あの家を探っても無駄らしい」

源九郎が、永山は近ごろ、あの家に姿を見せないことが多いようだと話した後、

「笠原家の屋敷に、入り浸っているにちがいない」

と、言い添えた。

「博奕《ばくち》か」

「そうみていい。……それに、わしらがあの借家を探っていることに気付いたのかもしれん」

「どうする」

菅井が訊いた。

「ともかく、長屋にもどって安田たちとも相談しよう」

源九郎が、「一杯、飲みながらな」と言い添えると、

「長屋に帰ったら、あっしが長屋をまわって、安田の旦那たちを呼び集めやす」

孫六が、意気込んで言った。酒の話が、効いたらしい。

三人は長屋にもどり、いったん源九郎の家に腰を落ち着けた。そして、一休みしてから、孫六が「みんなを集めてきやす」と言い残し、戸口から出ていった。

「おれは、酒を持ってこよう」

菅井も腰を上げた。

「酒があるのか」

源九郎が訊いた。

「ある。めしはなくとも、酒がないとな。……華町の分も持ってくる」

「有り難い」

源九郎の家には、酒がなかったのだ。

それから小半刻（三十分）ほどして、源九郎の部屋に七人の男が顔をそろえた。はぐれ長屋の用心棒と呼ばれる男たちである。

菅井をはじめ、五人の男が酒の入った貧乏徳利を持ってきた。家にあった酒を持参したのである。安田の家には、源九郎と同じように酒がなかったようだ。家にあった酒は、昨夜のうちに飲んでしまったのだろう。

「今日、集まってもらったのは、これからどうするか、みんなと相談しようと思ってな。ちかごろ、永山は福井町の情婦の家に帰らないことが多いようだ」

源九郎が、男たちに目をやって言った。

「情婦のところへ帰らないときは、どこにいるのだ」

安田が訊いた。

「笠原家の屋敷らしい」

「賭場か」

「そうみていいな」

永山は笠原家の賭場で夜を過ごすことが多い、と源九郎はみていた。

「厄介だな」

安田が顔を厳しくした。

次に口をひらく者がなく、座敷が重苦しい沈黙につつまれたとき、

「ともかく、一杯やろう」

と、菅井が声を大きくして言った。

「そうだな。一杯やれば、いい考えが浮かぶかもしれん」

「やりやしょう！」

孫六が身を乗り出した。

源九郎たちは、そばに腰を下ろした者と湯飲みに酒を注ぎ合って飲んだ。いっ

とき飲み、酒が体にまわってくると、賑やかになった。女の話をする者もいたが、やはり永山と庄次郎の話が多かった。

「明日から、おれたちはどう動く」

安田が声高に言った。酒がまわったらしく、顔が赤くなっている。

「おれたちは、金を貰っちまってるんだ。永山と庄次郎を始末するしかねえ」

孫六が言うと、茂次が、

「とっつァんの言うとおりだ。ふたりを討ちやしょう」

と、言い添えた。

「手は、ふたつある」

源九郎が声高に言うと、男たちは話すのをやめ、源九郎に視線を集めた。

「永山が、笠原家の屋敷から出てくるのをひたすら待つか。それとも、屋敷内に踏み込むかだ」

源九郎が言うと、次に話す者がなく、座敷は重苦しい沈黙につつまれたが、

「屋敷に踏み込むのは、むずかしいぞ。それに、踏み込めたとしても、返り討ちに遭《あ》うかもしれん」

安田が言うと、

「屋敷に踏み込むのは、無理だな。……生きては帰れまい」

菅井が言い添えた。

「わしも、安田と菅井の考えと同じだ。……それに、屋敷から出てこない笠原だがな。わしらが業を煮やして、屋敷内に踏み込んでくるのを待っているのかもしれんぞ。返り討ちにするつもりでな」

源九郎が、男たちに目をやって言った。

「華町の言うとおりだ」

菅井が、手にした湯飲みの酒をグイと飲み干した。そして、あらためて座敷にいる男たちに目をやり、

「だが、永山は屋敷から出てくる。一晩や二晩ならともかく、何日も笠原家の屋敷に居続けることはできまい。……屋敷を見張っていれば、かならず出てくる」

菅井が、語気を強くして言った。酒がまわっているのか、顔が赭黒《あかぐろ》く染まっている。

「菅井の言うとおりだ。永山はかならず、屋敷から出てくる」

源九郎が言うと、

「辛抱が肝心ですぜ。三日でも四日でも、屋敷を見張りやしょう。交替でやりゃ

アいいんだ」

茂次が声高に言った。

孫六や三太郎たちも、交替で見張ることを口にした。

「よし、これで決まりだ。明日から交替で、笠原家の屋敷を見張る」

源九郎が、男たちに目をやって言った。

三

翌日、源九郎は陽が高くなってから目を覚ました。昨夜、飲み過ぎたせいで、遅くまで目が覚めなかったらしい。

源九郎は井戸端まで行くのが面倒なので、流し場で小桶に水を汲んで顔を洗っていると、戸口に近付いてくる足音がした。孫六らしい。

「華町の旦那、起きてやすか」

孫六が、腰高障子のむこうから声をかけた。

「起きてるぞ」

「入《へえ》りやす」

すぐに、腰高障子があいて、孫六が入ってきた。握りめしがふたつ入った丼《どんぶり》を手にしている。

「余っためしを、おみよに握らせたんでさァ」

「すまんな。いつも」

ふだんは、菅井が将棋を指しにくる時、握りめしを持参することが多かったが、このところ将棋を指すような暇はなく、孫六が気を利かせて持ってきてくれる。それに、今日は孫六もいっしょに、笠原家の屋敷を見張ることになっていたのだ。

「いただくか」

源九郎は孫六を座敷に上げると、湯飲みに柄杓《ひしゃく》で水を汲んだ。握りめしと一緒に茶を飲もうと思ったのだが、湯を沸かしてなかった。それで、茶の代わりに、水で我慢する気になったのだ。

「旦那、水ですかい」

孫六が苦笑いを浮かべた。

「孫六が持ってきてくれる握りめしは旨《うま》いので、水で十分だ」

そう言って、源九郎は座敷のなかほどに座った。

孫六は、呆《あき》れたような顔をして上がり框《がまち》に腰を下ろしている。

源九郎が握りめしを食べ終え、湯飲みの水を飲んだとき、戸口に近付いてくる足音が聞こえた。菅井らしい。

「華町、起きてるか」

腰高障子の向こうで、菅井が声をかけた。

「起きてるぞ。入ってくれ」

源九郎は、座敷に座ったままである。

腰高障子があいて、菅井が顔を見せた。

「孫六も来てたのか」

菅井が、上がり框に腰を下ろしている孫六に目をやった。

「菅井の旦那、朝飯は」

孫六が訊いた。

「食ってきた」

菅井は座敷にいる源九郎に目をやり、「華町、朝飯は」と訊いた。

「食ったぞ。孫六が握りめしを持ってきてくれたのでな。いま、食い終えたところだ」

そう言って、源九郎は立ち上がった。

これから、源九郎、菅井、孫六、平太の四人で、福井町にある永山の情婦の住む借家にむかうことになっていた。借家に永山がいるかいないか確かめ、いなければ、笠原家の屋敷に行くことになる。

今日からは屋敷を見張るだけでなく、永山か笠原が姿を見せたら討つつもりでいた。それで、源九郎と菅井がいっしょに行くことになったのだ。

源九郎たちが、そんなやり取りをしているところに、平太が顔を出した。

「そろったようだ。出掛けるか」

源九郎が、立ち上がった。

腰高障子をあけて外に出ると、陽はだいぶ高くなっていた。四ツ（午前十時）を過ぎているのではあるまいか。

源九郎たち四人は、竪川沿いの通りを経て神田川にかかる浅草橋を渡った。そして、左手の通りに入り、福井町三丁目の永山の情婦の住む借家にむかった。

前方に借家が見えてきたところで、源九郎たちは足をとめた。

「あっしが見てきやす」

孫六がそう言い置き、二軒並んでいる借家に近付いた。

孫六は奥の家の戸口に身を寄せて、なかの様子を探っていたが、いっときすると、踵を返して戻ってきた。

「永山はいたか」

すぐに、源九郎が訊いた。

「いやせん」

孫六によると、家のなかから足音が聞こえたが、女のものらしかったという。

それに、他に人のいる気配がなかったそうだ。

「念のため、近所で聞き込んでみるか。昨夜か今日、永山の姿を見かけた者がいるかどうか、訊いてみてくれ」

源九郎が、男たちに目をやって言った。

その場にいた源九郎たちは、小半刻（三十分）ほどしたら、その場にもどることにして分かれた。

ひとりになった源九郎は、借家の前を通り過ぎていっとき歩くと、前方からふたり連れの遊び人ふうの男が歩いてくるのを目にとめた。

源九郎はふたりの男が近付くのを待ち、

「ちと、訊きたいことがある」

と、声をかけた。

「な、何です」

顔の浅黒い男が、声をつまらせて言った。いきなり、武士が立ちふさがって声をかけてきたからだろう。

「そこに、借家があるな」

源九郎が、借家を指差した。

「ありやす」

「一軒目の借家に、わしの知り合いの武士の情婦が住んでいるのだが、知っているか」

「女が住んでるのは、知ってやす」

顔の浅黒い男が、薄笑いを浮かべて言った。

「武士が家にいないようだが、最近、見掛けたか」

昨日、源九郎たちが借家から離れた後、永山の姿を見掛けたかどうか、知りたかったのだ。

「近ごろ、見掛けねえなァ」

顔の浅黒い男が言うと、

「あっしは今朝早く、あの家の前を通りやしたが、男はいねえようでしたぜ」

もうひとりの男が脇から言い添えた。

「そうか。足をとめさせて、すまんな」

源九郎は、ふたりに声をかけて別れた。

それから、通りかかった近所の住人らしい年配の男にも訊いたが、やはり永山の姿は見掛けないという。

源九郎が長屋の仲間と別れた場所に戻ると、菅井の姿はあったが、孫六と平太はまだだった。

源九郎と菅井は、孫六と平太がもどるのを待った。そして、ふたりが戻ると、

「わしから話そう」

源九郎はそう言い、今朝早く借家の前を通った男に聞いたのだが、永山はいなかったらしい、と話した。

「おれが訊いた男も、永山は見掛けなかったようだ」

菅井が言い添えた。

つづいて、平太も、永山の姿を見掛けた者はいないことを話した。

すると、孫六が身を乗り出すようにして、

「三日前の夕方、永山が神田川沿いの通りを歩いているのを見掛けたやつがいや

したぜ」

と、声高に言った。

「永山は、その通りをどっちに向かったのだ」

すぐに、源九郎が訊いた。

「昌平橋の方でさァ」

「笠原家の屋敷にいったのだ！」

源九郎の声が、大きくなった。

「永山は、いまも笠原家の屋敷にいるとみていいな。……永山はおれたちに情婦の家が見つかるのを恐れて、笠原家の屋敷に身を隠しているのだ」

そう言って、菅井が男たちに目をやった。

四

「どうする」

源九郎が、菅井、孫六、平太の三人に顔をむけて訊いた。

「笠原家の屋敷に行き、永山がいるかどうか確かめたい」

菅井が言うと、孫六と平太がうなずいた。

「よし、行こう」

源九郎たちは、福井町三丁目から神田川沿いの通りに出た。そして、西にむかって歩いた。

前方に神田川にかかる新シ橋が見えてきたところで、

「どうだ、腹拵《はらごしら》えをしていくか」

と、源九郎が三人に声をかけた。

すでに、陽は西の空にまわっていた。八ツ半（午後三時）過ぎではあるまいか。源九郎は握りめしを食って長屋を出たが、腹が減っていた。それに、笠原家の近くに行くのは、陽が沈むころでいいのだ。

「飯を食って行きやしょう」

孫六が言うと、菅井と平太がうなずいた。

源九郎たちは、道沿いにあった一膳めし屋に入った。これからのことも考え、酒は飲まずに、めしだけで我慢した。

一膳めし屋を出ると、陽は西の家並のむこうに沈みかけていた。源九郎たちは、沈む夕陽にむかって歩いた。

昌平橋のたもとを過ぎていっとき歩き、神田川の通りから笠原家の屋敷のある通りに入った。通行人たちが、迫りくる夜陰に急《せ》かされるように足早に通り過ぎていく。

前方に笠原家の屋敷が見えてくると、

「華町、どうする」

菅井が歩きながら訊いた。

「永山が屋敷から出てくるのを待つしかないな」

源九郎は、笠原家の屋敷に踏み込むことはできないと思った。屋敷内には笠原と永山の他に、笠原家に仕える家士や賭場に来た牢人やならず者などもいるはずである。源九郎たち四人では、相手にならない。

「いつになるか、分からんぞ」

菅井が言った。

「今夜は、寝ずに屋敷を見張ることになるかもしれんな」

源九郎は、その覚悟ができていた。

「酒を持ってくれば、よかった」

「屋敷内で、博奕が始まれば、夜更けまで出てこないはずだ。交替で、めしを食いにいってもいい」

「そうするか」

源九郎たちは、以前身を隠した築地塀《ついじべい》の陰に身を隠した。まだ、賭場をひらくには早いのか、通りかかるのは、近くの屋敷に奉公する中間《ちゅうげん》や若党らしい男ぐらいだった。

「屋敷の様子を見てくるか」

源九郎が言い、築地塀の陰から通りに出た。すこし間をとって孫六がつづき、菅井と平太は塀の陰に残った。四人もで行くことはなかったのだ。

源九郎と孫六は通行人を装って、笠原家の表門の前を通った。近くに人影はなかったが、屋敷内からかすかに男の声がした。武士だけではなく、中間らしい男の話し声も聞こえた。笠原家に仕える者か、笠原の仲間か、分からなかった。

源九郎と孫六は屋敷の表門の前を通り過ぎ、しばらく歩いてから踵を返した。

そして、菅井たちのそばにもどると、まだ、賭場はひらいてないことと、博奕を打つために集まった男たちもいないようだと話した。

「しばらく、待つしかないな」

源九郎が、言い添えた。

それからしばらくすると、陽は武家屋敷のむこうに沈み、樹陰や屋敷の軒下などに夕闇が忍び寄ってきた。

「向こうから、遊び人ふうの男が来やす！」

孫六が、昂《たかぶ》った声で言った。

見ると、遊び人ふうの男がふたり何やら話しながら歩いてくる。

「笠原家の屋敷に来たようだ」

源九郎たちは、ふたりの男に気付かれないように築地塀の陰に身を引いた。

ふたりの男は、博奕の話をしながら源九郎たちの前を通り過ぎていく。そして、笠原家の屋敷の表門の前に立ち、脇のくぐりから屋敷内に入った。

「まだ、来やす」

平太が通りの先を指差した。

遊び人ふうの男がふたり、その後方に牢人体の男の姿もあった。いずれも、賭場へ行くらしい。

源九郎は、近付いてくる牢人体の男に目をやった。永山ではないか確かめたのである。

牢人体の男は、永山ではなかった。年配の牢人である。月代《さかやき》と無精髭が伸びていた。身形《みなり》には構わない男らしい。

さらに、遊び人ふうの男や中間、牢人体の男などがひとりふたりと姿を見せ、源九郎たちの前を通り過ぎていった。いずれも賭場に来た男で、笠原家の表門の脇のくぐりから入っていく。

「永山は、姿を見せねえな」

孫六が言った。

「永山は、屋敷内にいるのだろう。情婦の家を出た後、笠原家の屋敷の中間部屋かどこかで、寝泊まりしているはずだ」

永山が賭場の世話役で、屋敷に住む笠原は貸元のような立場かもしれない、と源九郎は思った。

「永山が出てくるまで、待つのか」

菅井が口を挟んだ。

「そうだ。……ともかく、賭場から出てきた男に屋敷内のことを訊いてみよう。永山の様子によっては、明日の朝、出直してもいい」

源九郎は、永山だけではなく笠原のことも訊いてみようと思った。笠原も討たねば始末がつかないのだ。

源九郎たちが、そんなやり取りをしている間にも、賭場に来た男が、ひとりふたりと通りかかった。

笠原はむろんのこと、永山も姿を見せなかった。

「来ねえなァ」

孫六が、生欠伸《なまあくび》を噛み殺して言った。

辺りは、すっかり夜陰につつまれていた。賭場に来たと思われる男も、見掛けなくなった。笠原家の屋敷からは、淡い灯《ひ》が洩《も》れている。

「博奕は、始まったようだ」

菅井が屋敷を見ながら言った。

「あっしが、様子を見てきやす」

そう言い残し、孫六はひとりで笠原家の屋敷にむかった。築地塀の陰につっ立っているより、気が紛れるのだろう。

孫六は屋敷の表門の近くまで行って、築地塀に身を寄せた。塀の陰は闇が深く、孫六の姿は見えなくなった。

いっときすると、孫六が通りにあらわれ、足早に源九郎たちのところに戻ってきた。

「どうだ、何か知れたか」

源九郎が訊いた。

「へい、博奕が始まったようですぜ」

孫六によると、屋敷のなかからかすかに男たちのざわめきや貸元役の者が、駒を張るのを促すような声が聞こえたという。

「永山と笠原は、いたか」

黙って孫六の話を聞いていた菅井が、口を挟んだ。

「分からねえ。男たちの声は聞こえやしたが、だれの声か聞き取れねえんでさァ」

「そうだろうな」

菅井は渋い顔をして口をつぐんだ。

「ともかく、もうしばらく待とう」

そのうち、持ち金がなくなって、屋敷から出てくる者がいるだろう、と源九郎はみた。

五

笠原家の屋敷内で博奕が始まって一刻（二時間）ほど経ったろうか。立ってい

るのに疲れた孫六が、その場に屈んでしばらくしたとき、

「出てきた！」

孫六が声を上げて、立ち上がった。

ふたりの男が、屋敷の表門の脇から通りに姿をあらわした。ふたりとも遊び人ふうだった。小袖の裾《すそ》を帯に挟み、両脛《りょうずね》をあらわにしている。その脛が、夜陰に白く浮き上がったように見えていた。

ふたりは、何やら話しながら歩いてくる。おそらく、博奕の話だろう。

「わしが、あのふたりに賭場の様子を訊いてみる」

源九郎は、ふたりが通り過ぎるのを待って築地塀の陰から出た。

源九郎が近付くと、ふたりの男は足をとめて振り返った。源九郎の足音が、聞こえたのだろう。

ふたりの顔が、恐怖でひき攣《つ》ったようにゆがんだ。牢人体の源九郎を見て、辻斬りとでも思ったようだ。

「すまん、すまん。驚かせてしまったか」

源九郎が、笑みを浮かべて言った。

ふたりの顔から、恐怖の色が消えた。相手は老齢だったし、源九郎の声が穏や

かだったからだろう。

ふたりは立ち止まり、源九郎に顔をむけて、

「あっしらに、何か用ですかい」

と、浅黒い顔をした男が訊いた。

源九郎はふたりに身を寄せ、

「賭場のことで、訊きたいことがあるのだ」

と、小声で言った。

ふたりの男は戸惑うような顔をしたが、

「何が訊きてえんです」

と、浅黒い顔の男が訊いた。この男が、兄貴格らしい。

「実はな。知り合いの永山という男に、笠原家の屋敷で賭場がひらかれていると聞いたのだ」

源九郎は、永山の名を口にした。

「ひらいてやすぜ」

浅黒い顔の男が素っ気なく言った。博奕に負けたので、おもしろくないのだろう。

「永山どのはいたかな」

「いやしたよ」

「いたか。……笠原どのはどうだ」

「笠原さまも、いやした」

浅黒い顔の男は、その場から離れたいような素振りを見せた。見ず知らずの武士と、話したくなかったのだろう。

「笠原どのは、あまり外に出てこないようだが、いつも屋敷に籠《こも》っているのか」

「笠原さまのことは、よく分からねえ」

男は、「あっしらは、急いでやすんで、これで勘弁してくだせえ」と言って、もうひとりの男とともに足早に離れていった。

源九郎は築地塀の陰にもどると、浅黒い顔の男から聞いたことを菅井たちに話し、「どうするかな」と、訊いた。

「永山がいつ屋敷から出てくるか、分かればいいんだが……。この場で、明日の朝まで待つ気にはなれんな」

菅井が言った。

「わしも、そうだ」

この場に明日までつっ立っているのは、辛い。それに、明朝、永山が屋敷から出てくるかどうかも分からないのだ。

それから、小半刻（三十分）も経ったろうか。笠原家の屋敷に目をやっていた平太が、

「また、出てきた！」

と、うわずった声で言った。

牢人体の男だった。やはり、博奕に負けたらしく、肩を落として歩いてくる。

「おれが、訊いてみる」

菅井は牢人が通り過ぎるのを待って、築地塀の陰から出た。

菅井は牢人に声をかけ、しばらく歩きながら話していた。いっときすると、菅井と武士の姿が夜陰に紛れて見えなくなった。

なかなか菅井は、姿を見せなかった。源九郎たちは、菅井と武士がむかった先の闇に目をやったまま、菅井がもどって来るのを待った。

「菅井の旦那だ！」

平太が声高に言った。

見ると、菅井が足早にもどってくる。

源九郎は菅井がそばに来るのを待って、

「菅井、何か知れたか」

すぐに、訊いた。孫六と平太も、菅井に目をやっている。

「賭場の様子が、だいぶ知れたよ」

菅井が、荒い息を吐きながら言った。急いでもどったので、息が上がったらしい。

「話してくれ」

「永山だがな。夜が明けて賭場をとじると、屋敷を出ることが多いそうだ」

「ひとりか」

「それは、分からん。……ただ、博奕仲間といっしょに帰るとしても、そう人数は多くあるまい」

「明け方か」

源九郎はそう呟《つぶや》いた後、いっとき黙考していたが、

「何としても、永山を討ちたい。……だが、明日の朝まで、ここで待つ気にはなれんな」

と、菅井、孫六、平太の三人に目をやって言った。

「長屋にもどって一眠りしてから、ここにもどるか」

菅井が言った。

「それもなァ。……長屋にもどっても、寝る間はないぞ」

長屋まで、かなりの距離がある。長屋に帰っても、すぐに家を出なければ、明け方までにもどれないだろう。

「近くで、一杯やりやすか」

孫六が、薄笑いを浮かべて言った。

「どこで、飲むのだ」

菅井が訊いた。

「昌平橋のたもと近くまで行けば、夜、遅くまでやっている店がありまさァ」

「いいな。とにかく、行ってみよう」

菅井が言うと、源九郎も同意した。

源九郎たちは築地塀の陰から出ると、神田川の方に足をむけた。そして、川沿いの道を東にむかった。

昌平橋のたもとまで行ったが、夜陰に包まれて人気《ひとけ》はなく、ひっそりとしていた。聞こえてくるのは、神田川の流れる音だけである。

「こっちでさァ」

孫六が先にたった。この辺りに、明るいようだ。

孫六は柳原通りに入った。須田町である。孫六を先頭にして街道を南にむかっていっとき歩いて、左手の細い路地に入った。人影があった。酔客らしい。路地沿いに、赤提灯《あかちようちん》を下げた飲み屋や灯の洩れる小料理屋らしい店があった。

「ここには、夜通しやってる店がありやす」

孫六が得意そうな顔をした。

「孫六、よく知ってるな」

源九郎が、路地に目をやりながら言った。

「あっしが、御用聞きだったころ、この辺りまで探りにきたことがあるんでさァ」

「そうか」

「どうだ、そこの飲み屋は」

菅井が、路地沿いにあった赤提灯を下げた飲み屋を指差した。まだ、客が残っているらしく、男の濁声《だみごえ》が聞こえた。

「その店に入ろう」

源九郎が言うと、菅井たちも同意した。

源九郎たちは、店先の縄暖簾《なわのれん》を分けて店に入った。

六

源九郎たちは、まだ暗いうちに飲み屋を出た。夜明けまでに、笠原家の屋敷の近くまでもどりたかったのだ。

源九郎たちは来た道を引き返し、笠原家の屋敷が見える場まで来た。そして、この場を離れるまで見張っていた築地塀の陰に身を隠した。

東の空は、曙色《あけぼのいろ》に染まっていた。辺りはほんのりと明らみ、通りも笠原家の屋敷も見えるようになった。ただ、行き交うひとの姿はなかった。近くの屋敷は、ひっそりと寝静まっている。

「まだ、博奕はつづいているかな」

源九郎が言った。

辺りが静かなせいか、笠原家の屋敷から微《かす》かに男の声が聞こえてきた。何人もの声である。

「博奕は、終わったのかもしれねえ」

孫六が、そう言ったときだった。

「だれか、出てきやす！」

平太が、身を乗り出して笠原家の屋敷を指差した。

見ると、遊び人ふうの男がふたり、表門の脇のくぐりから通りに姿をあらわした。ふたりは、源九郎たちのいる方へ歩いてくる。

「また、出てきた！」

平太が言った。

ふたりの男につづいて、もうひとり姿を見せた。牢人体の男である。さらに、ひとり、ふたりと、男たちが姿を見せた。

「博奕は終わったようだ」

菅井が言った。

「不審を抱かれないように、まだ通りに人影がないときに、賭場の客たちは帰るのだな」

源九郎は、姿を見せた男たちに目をやっている。

「永山が出てくるかもしれん」

菅井も、笠原家の屋敷と表門のくぐりから出てくる男に目をむけていた。菅井は、永山が出てくるのを待っているのだ。

それから、小半刻（三十分）ほどすると、笠原家の屋敷から出てくる男の姿は、見られなくなった。賭場の客たちは、出てしまったのかもしれない。

「永山は、屋敷に残ったままか」

菅井が、残念そうな顔で言った。菅井は、自分の手で永山を討つつもりで来ていたのだ。

そのときだった。笠原家の屋敷のくぐりから、ふたりの武士が姿を見せた。

「永山だ！」

源九郎が言った。

「やっと、姿をあらわしたか」

菅井が身を乗り出した。

ひとりは、永山だった。もうひとりは、牢人体の武士である。ふたりは何やら話しながら、源九郎たちが身を潜めている方に歩いてくる。

「おれが、永山を討つ！」

菅井が語気を強くして言った。

「わしは、もうひとりの武士の相手をしよう」

源九郎は、牢人体の武士と立ち合うつもりだった。いっときでも早く牢人を仕留め、菅井が危ういとみたら、助太刀するのだ。

永山と武士は、身を潜めている源九郎や菅井たちに気付いていない。ふたりは、博奕の話をしながら歩いてくる。

永山たちふたりが近付いたとき、菅井がふたりの前に飛び出した。つづいて、源九郎はふたりの背後にまわり込んだ。逃げ道を塞《ふさ》いだのである。

「うぬは、菅井！」

永山が、叫んだ。

牢人は驚いたような顔をして、菅井と背後にまわった源九郎に目をやり、「こやつらは」と永山に訊いた。

「おれのことを、煩《うるさ》くつけまわしている犬どもだ！」

永山が、顔を憤怒《ふんぬ》に染めて言った。

「永山、今日は逃がさんぞ」

菅井は、刀の柄《つか》に右手を添えた。

「どうしても、やるか」

永山も、右手を柄に添えた。

ふたりとも、腰を沈めて居合の抜刀体勢をとっている。

このとき、源九郎が背後から牢人にむかって、

「後ろから斬るぞ！」

と、声をかけた。源九郎は、牢人を永山から引き離したかった。牢人が菅井に斬りかかると、菅井は抜刀して牢人の斬撃を受けなければならない。刀を抜いてしまうと、永山との戦いが不利になる。

牢人は、慌てて体を源九郎にむけた。

「わしが、相手をする」

源九郎は青眼に構え、切っ先を牢人にむけた。

「お、おのれ！」

牢人は声を震わせて叫び、刀を抜いた。そして、青眼に構えたが、切っ先が震えている。気が昂り、体に力が入っているのだ。

「さァ、こい」

源九郎は、すこし後退《あとずさ》った。牢人を、永山から引き離そうとしたのだ。

すると、武士が踏み込んできた。源九郎の狙い通りである。源九郎と牢人の間合は、およそ二間――。真剣勝負の立ち合いの間合としては、近かった。

「いくぞ！」

源九郎が声をかけ、先に仕掛けた。青眼に構えたまま一歩踏み込んだ。すると、牢人は一歩身を引いた。源九郎の剣尖《けんせん》の威圧に押されたのである。

七

菅井と永山は、居合の抜刀体勢をとったまま対峙《たいじ》していた。

ふたりの間合は、およそ二間半――。真剣勝負の立ち合いの間合としては、近い。通常の真剣勝負は、刀を抜いてから敵に切っ先をむけて構える。ところが、居合は刀の柄に右手を添えて敵と対峙するので、刀身の分だけ間合が近くなることが多い。

ふたりは、対峙したまま動かなかった。全身に気勢を漲《みなぎ》らせ、抜刀の気配を見せて、気魄《きはく》で攻め合っている。

どれほどの時が、過ぎたのか。ふたりには、時間の経過の意識がなかった。一瞬の気の緩みも許されない気魄の攻め合いがつづいている。

そのとき、ギャッという叫び声が響いた。源九郎が、牢人に斬り込んだのだ。

その叫び声で、菅井と永山の間に斬撃の気配が高まった。

「いくぞ！」

言いざま、永山が半歩踏み込んだ。

次の瞬間、ほぼ同時に、菅井と永山の全身に抜刀の気がはしった。

タアッ！

トオッ！

ふたりは気合を発し、抜き付けた。刀身の鞘走《さやばし》る音と同時に、二人の腰から稲妻のような閃光《せんこう》がはしった。

菅井は袈裟へ——。

永山は横一文字に——。

ザクリ、と永山の肩から胸にかけて小袖が裂けた。同時に、菅井の右袖の袂《たもと》が裂けて垂れ下がった。

ふたりは、後ろに跳んで大きく間合をとった。刀は抜いたままである。

永山の露になった胸から、血が流れ出ている。一方、菅井は袂が裂けただけで、血の色はなかった。

永山の手にした刀身が、小刻みに震えている。胸の傷で、気が昂り、体に力が入り過ぎているのだ。

「永山、勝負あった。刀を引け！」

菅井が声をかけた。

「まだだ！」

叫びざま、永山がいきなり斬り込んできた。

刀を振り上げ、真っ向へ——。

だが、速さも鋭さもない。ただ、振り上げて、斬り下ろすだけの攻撃である。

菅井は、永山の切っ先を躱《かわ》しざま、刀身を横に払った。その切っ先が、永山の腹を横に斬り裂いた。

永山は手にした刀を取り落とし、両手で腹を押さえて蹲《うずくま》った。指の間から、血が流れ落ちている。

菅井が永山の脇に立って、切っ先をむけた。そこへ、源九郎が血刀を引っ提げたまま近寄ってきた。

「永山、それだけの腕がありながら、なぜ、辻斬りなどしたのだ」

源九郎が訊いた。

永山は苦しげな呻《うめ》き声を上げていたが、

「け、剣の腕を上げても、食ってはいけぬ」

と、声を震わせて言った。

「そうかと言って、辻斬りをやることはあるまい」

「か、金がいる」

「情婦を、かこっておく金か」

「……………」

永山は答えなかった。

源九郎は、情婦のことはそれ以上訊かず、

「笠原とは、どこで知り合った」

と、笠原とのかかわりに矛先をむけた。

「賭場だ……」

「おぬしが知り合う前から、笠原家の屋敷内で博奕をやっていたのか」

「と、当初は、中間や若党といっしょに遊び半分でやっていたらしい。……そのうち、遊び人や牢人なども集まるようになったようだ」

永山の体が、顫《ふる》えだした。息も荒くなっている。長い命ではない。

「ところで、笠原家を継ぐのは、おぬしの仲間の庄次郎ではないのか」

さらに、源九郎が訊いた。

「そう聞いている」

「いずれ、旗本として三百石を継ぐ身でありながら、なぜ、辻斬りをして金を奪ったり、屋敷内に賭場をひらいたりしているのだ」

源九郎が、語気を強くして訊いた。

「は、旗本とはいえ、内証は苦しいようだ。……それに、庄次郎が笠原家を継ぐのは、いつになるか分からない」

「そうか」

源九郎は永山の前から身を引き、「菅井、何かあったら訊いてくれ」と、声をかけた。

菅井は永山の前に立ち、

「笠原は、屋敷内に籠っているようだが、どういう理由《わけ》だ。おれたちに、襲われるのを恐れているのか」

と、すぐに訊いた、

「お、恐れているわけではない」

「では、なぜ屋敷内に籠りっきりなのだ」

「こ、籠ってなどいない」

「だが、笠原は屋敷から出てこないではないか。おれたちは、長い間屋敷を見張っているが、一度も出てきたことがないぞ」

菅井の声が、大きくなった。

「おぬしらが、見逃しているだけだ」

「門から出入りすれば、目にしているはずだ」

「……」

永山は嘲笑《あざわら》うような顔をしたが、すぐに苦しげな表情に変わった。息が乱れ、体が顫えている。

「門から出入りしているのでは、ないのか」

菅井が、身を乗り出すようにして訊いた。

「か、笠原家の屋敷には、裏門もある」

「裏門か！」

菅井が声高に言った。

そのとき、永山は顎《あご》を突き出すようにして、ググッ、と喉の詰まったような呻き声を洩らした。そして、背を反らせ、体が硬直したように動きがとまった。次の瞬間、急に体の力が抜け、ぐったりとなった。

菅井は、永山の体を抱き抱えたまま、

「死んだ」

と、つぶやくように言った。

第六章　死闘

一

「菅井が、永山を討ち取ったよ」

源九郎が、座敷に集まった六人の男たちに目をやって言った。

そこは、はぐれ長屋の源九郎の家だった。永山を討ち取った翌朝、源九郎が孫六に頼んで、菅井、安田、茂次、三太郎、平太の五人に来てもらったのだ。

「残るのは、笠原だ」

源九郎が、笠原を討ちに行くことを口にした。

「だがな、笠原を討つのは難しい。屋敷から出ないからな。おれたちが総出で屋敷内に踏み込んでも、笠原を討つことはできまい。それどころか、返り討ちに遭《あ》うぞ」

安田が言うと、茂次がうなずいた。三太郎と平太は、戸惑うような顔をしている。

「それがな、笠原は、屋敷を出ることもあるようだ」

源九郎が言うと、安田や茂次たちの目が源九郎に集まった。

「わしらは、表門ばかりに目をやっていたが、笠原は表門は避け、裏門から出入りしているようなのだ」

源九郎が言い添えた。

「笠原はおれたちが表門を見張っていると気付いて、裏門を使っているのだな」

安田が言った。

「そういうことだ」

「だが、永山が討たれたことを知って、笠原は屋敷に籠《こも》り、裏門からも出ないのではないか」

「いや、わしらが、裏門にはまったく目を配っていないことを、笠原は知っているはずだ。だからこそ、わしらが笠原家の屋敷を見張っているときも、ひそかに裏門から出入りしていたのだ。……裏門を見張っていれば、笠原はかならず姿をあらわす」

源九郎が、語気を強くして言った。

「笠原を、討ちやしょう」

茂次が言うと、三太郎と平太がうなずいた。

「明日から、笠原を討ちに笠原家の屋敷に行くつもりだ」

「あっしも、行きやす」

茂次につづいて、三太郎と平太が、いっしょに行く、と身を乗り出して言った。

「此度《こたび》の件に始末をつけるためにも、集まってもらった七人みんなで行くつもりだ」

源九郎は、そのつもりで六人に声をかけたのだ。

「明朝、五ツ(午前八時)ごろ長屋を出るので、わしの家に集まってくれ」

「承知した」

菅井が言うと、他の五人が一斉にうなずいた。

話が終わると、男たちは腰を上げたが、菅井だけが座敷に残った。何か言いたいことがあるようだ。

「菅井、何か用か」

源九郎が訊《き》いた。

「まだ、昼前だぞ。これから、どうやって明日の朝まで過ごすのだ」

「傘張りでもするさ」

「華町、松平屋と安川屋でもらった金が、残っているだろう」

「残っているが……」

「傘張りは、懐が寂しくなったらやればいい。おれも、居合の見世物にはいかず、華町に付き合ってやることにしたのだ」

菅井が胸を張った。

「何を付き合うのだ」

「暇があって、懐が温かい時は、やることがある」

「何だ」

「将棋だよ。将棋」

菅井が声を大きくして言った。

「将棋か」

源九郎は、菅井が将棋をやりたがっていると分かっていたが、できればやりたくなかった。それで、気付かないふりをしたのだ。

「待ってろ。いま、駒と将棋盤を持ってくる」

そう言い残し、菅井は戸口から出ていった。

「仕方無い。すこし、付き合ってやるか」

源九郎は、座敷に腰を下ろしたまま菅井がもどってくるのを待った。

いっときすると、菅井がもどってきた。将棋盤を脇に抱え、駒の入った木箱を手にしている。

菅井は座敷に上がると、

「さア、やるぞ」

そう言って、駒を並べ始めた。

源九郎も対座し、将棋の駒を並べた。

一局目は、源九郎が真剣に指したこともあって勝った。二局目は、源九郎がすこし手を抜いたために負けた。

勝負が長引いたこともあって、昼を過ぎていた。腹の空《す》きぐあいからみて、八ツ(午後二時)ごろになるのではあるまいか。源九郎は、そろそろ将棋をやめようと思った。

……負けてやるか。

源九郎は、胸の内でつぶやいた。源九郎が勝てば、菅井は、「もう一局」と言って、将棋盤の前から離れないはずだ。

源九郎は、慎重に指した。わざと負けたことを、菅井に気付かせないためだ。

勝負がつづくと、菅井が次第に優勢になってきた。

源九郎は陽が西の空にかたむき、戸口の腰高障子が薄暗くなってくるのを目にし、

「おれの負けだ！」

と声を上げ、手にしていた駒を将棋盤の上に落とした。

「華町、いい勝負だったな」

菅井は、満足そうな顔をしている。

「菅井、腕を上げたではないか」

源九郎は、将棋盤の上の駒を木箱のなかに入れ始めた。これで、将棋は終わりだという意思表示である。

菅井も二局勝ったことで満足したのか、駒を片付け始めた。

源九郎は菅井を送り出した後、腹が減っていたので、めしを炊こうと思った。

たまには、自分の家でめしを食う気になったのだ。

源九郎はめしを炊き終えると、梅干しを菜にして食べた。炊き立てのめしは、旨《うま》かった。源九郎は腹一杯食べると、まだ寝るには早かったが、座敷に横になった。腹が一杯になったせいか、すぐに眠りにおちた。

二

翌朝、源九郎は仲間の六人が集まるのを待って、はぐれ長屋を出た。むかった先は、笠原家の屋敷である。

源九郎たちは屋敷が見えて来ると、これまで何度も笠原家を見張った別の屋敷の築地塀の陰に身を寄せた。

「変わりないな」

源九郎が、笠原家の屋敷に目をやって言った。

屋敷の表門は閉じられていた。屋敷はひっそりとしていた。その場からは、人声も物音も聞こえなかった。

「塀の脇に、道がありやすぜ」

孫六が、笠原家の屋敷を指差した。

源九郎たちにはこれまでも見えていたが、屋敷の脇の道は細く、滅多に出入りする人の姿もなかったので、気にもしなかった。永山や表門の脇のくぐりから出入りする者に、気を取られていたこともある。

「七人もで、行くことはないな。相手はひとりだ。それに、念のためにここにも何人か残ってもらいたい」

源九郎は、笠原が表門から姿を見せることもあるかもしれないと思ったのだ。

「おれは裏手に行く。笠原に、一太刀浴びせたいのでな」

菅井が、笠原家の屋敷に目をやりながら言った。

「わしと菅井、それに孫六と茂次とで、裏手にまわる。安田、平太、三太郎は、ここで屋敷を見張っていてもらいたい。……表門から、笠原が出てきたら、平太を走らせてくれ」

源九郎が、平太をこの場に残すのは、平太は足が速く連絡に適任だし、柳原通りで笠原の姿を目にしていたので、それと分かるからだ。

「承知した」

安田が言うと、平太と三太郎が緊張した顔でうなずいた。

「わしらは、裏手にまわるぞ」

源九郎たち四人は、築地塀の陰から通りに出た。

源九郎が先にたち、菅井、孫六、茂次の三人は、すこし間をとって歩いた。人目を引かないためである。

源九郎は通行人を装い、笠原家の屋敷をかこった築地塀に近付くと、塀の脇の細い道にまわった。その道は、笠原家の屋敷の裏手につづいている。恐らく、裏手には木戸門か切り戸があり、そこから出入りできるようになっているはずだ。

屋敷の裏手に、木戸門があった。門扉《もんぴ》は閉じられている。

「その、椿の陰に身を隠すか」

源九郎が、椿を目にして指差した。木戸門からすこし離れた道沿いで、椿が枝葉を茂らせている。

源九郎たち四人は、椿の樹陰に身を隠した。樹陰は狭く、四人は身を寄せ合ったまま木戸門に目をやった。

それから、半刻（一時間）ほど経ったろうか。木戸門に近付いてくる複数の足音が聞こえた。

「だれか、出てくるぞ！」

菅井が声を殺して言った。

門扉があいて、若い武士がふたり姿を見せた。ふたりとも、羽織袴《はおりはかま》姿で二刀を帯びている。

ふたりの姿を見た茂次が、樹陰から飛び出そうとした。

源九郎が茂次の肩をつかみ、「待て、笠原ではない」と、ふたりの武士に聞こえないように声を殺して言った。

おそらく、ふたりの武士は笠原家に奉公している若党であろう。ふたりは何やら話しながら、源九郎たちの前を通り過ぎていく。

さらに、一刻（二時間）ほど経ったが、笠原は姿を見せなかった。

「今日は、出てこないか」

菅井が、うんざりした顔で言った。

「どうだ、めしでも食ってくるか」

源九郎は、昌平橋近くに行き、一膳めし屋で腹拵《はらごしら》えしてこの場にもどろうかと思った。その間に、笠原が屋敷を出たとしても、屋敷にもどってくるところを襲って討つことができる。

「そうするか」

菅井が言い、樹陰から出ようとした。

「待て！」

源九郎が菅井の肩をつかみ、「だれか、出てくる」と小声で言った。

木戸門の向こうで、話し声と足音がした。ふたり——。門の方に近付いてくる。

足音は門の前でとまり、門扉があいた。若党らしき男が出てきた。つづいて、二刀を帯びた羽織袴姿の武士——。

「笠原だ！」

源九郎が声を殺して言った。

いきなり、菅井が飛び出そうとした。その肩を源九郎が押さえ、「門を離れてからだ！」と声を殺して言った。笠原が反転して、木戸門から屋敷内に飛び込むと、逃げられてしまう。

源九郎たち四人は息をつめて、笠原と武士が木戸門から離れるのを待った。

笠原は供の若党が木戸門の門扉を閉じるのを待って、ふたりで木戸門から離れた。

「いまだ！」

源九郎が声をかけ、樹陰から飛び出した。

菅井がつづき、孫六と茂次はすこし間をとって樹陰から出た。ふたりは戦わず、すこし離れた場で様子をみるのだ。

「なにやつだ！」

供の武士が叫んだ。

笠原は、「待ち伏せだ！」と叫びざま、木戸門へもどろうとしたが、その前に源九郎が立ちふさがった。

「華町か！」

笠原が、目をつり上げて叫んだ。

「いかにも」

「永山を斬ったのは、うぬらだな」

「いかにも、永山はわしらが討った。つぎは、おぬしだ。わしらは、松平屋の彦兵衛と安川屋の勘右衛門の敵《かたき》を討たねばならんのだ」

源九郎が、笠原を見すえて言った。

「ま、待て！　金ならいくらでも出す」

笠原が、声をつまらせて言った。

「笠原、往生際が悪いぞ。……抜け！」

源九郎が語気を強くした。

「おのれ！」

笠原も刀を抜いた。

一方、菅井はすこし離れた場で、笠原といっしょに木戸門から出てきた若党と対峙《たいじ》していた。

菅井は居合の抜刀体勢をとり、若党は青眼に構えて切っ先を菅井の目にむけている。若党は相応の遣い手らしい。青眼の構えに、隙がなかった。ただ、気が昂《たかぶ》っているらしく、体が硬いようだ。

三

源九郎と笠原の間合は、二間半――。

真剣勝負の間合としては、近いかもしれない。源九郎たちのいる道は狭く、間合を大きくとれないのだ。

源九郎は青眼に構え、剣尖《けんせん》を笠原の目にむけていた。対する笠原は、八相に構えをとった。

……なかなかの構えだ！

源九郎は、以前笠原と刀をむけ合ったことがあった。そのとき、ふたりとも青眼に構えたが、今日の笠原は八相にとった。刀身を垂直に立て、切っ先で天空を突くように高く構えている。

大きな構えだった。上から被《かぶ》さってくるような威圧感がある。対する源九郎は、青眼に構えた剣先を笠原の目から柄を握った左拳にむけなおした。八相に対応する構えである。

笠原の顔にも、驚きの色が浮いた。源九郎の構えには隙がないだけでなく、剣尖が迫ってくるような威圧感があったからだろう。

源九郎と笠原は対峙したまま、いっとき気魄《きはく》で攻め合っていた。ふたりとも迂《う》闊《かつ》に仕掛ければ、後れをとると分かっていたからだ。

先《せん》をとったのは、笠原だった。源九郎の剣尖の威圧に押されて、対峙していられなくなったらしい。

「まいる！」

笠原は声を上げ、足裏を摺《す》るようにして、ジリジリと間合を狭めてきた。対する源九郎は、青眼に構えたまま動かなかった。

ふたりは、一足一刀の斬撃の間境に迫ってきた。ふたりの全身に気魄がこもり、斬撃の気が高まっている。

……あと、一歩。

源九郎が斬撃の間境まで、あと一歩と読んだとき、笠原が寄り身をとめた。このまま斬撃の間境を越えると、斬られる、と察知したのかもしれない。

笠原は、八相に構えたまま動かなかった。そればかりか、斬撃の気配もない。

……こやつ、わしを焦《じ》らす気だ！

と、源九郎は察知した。

笠原は源九郎を焦らし、斬り込んでくるのを待っているようだ。焦って遠間《とおま》から斬り込めば、笠原の八相からの斬撃を浴びる、と源九郎はみた。

源九郎も、動きをとめていた。青眼に構えたまま、笠原が斬り込んでくるのを待っている。ふたりは、斬撃の間境の一歩手前に立ったまま八相と青眼に構えて動かなかった。

時が過ぎた。源九郎も笠原も、仕掛けなかった。迂闊に動いた方が、敵の斬撃を浴びると分かっていたからだ。

笠原が、先に仕掛けた。対峙したまま動かないことに焦れたのだ。

「いくぞ！」

笠原は声を上げ、八相に構えたまま、つッ、と左足をわずかに踏み出した。斬り込むと見せた誘いである。

キエッ！

突如、笠原が甲高い気合を発した。幽鬼の叫びか、化け物のけたたましい叫び声のようにも聞こえた。

次の瞬間、刃唸《はうな》りとともに青白い閃光《せんこう》が横にはしった。笠原が手にした刀を横一文字に払ったのだ。

咄嗟《とっさ》に、源九郎が上半身を後ろに倒した。

笠原の切っ先は、源九郎の首をかすめて空を切った。

源九郎は一歩身を引いた体を立て直し、振りかぶりざま袈裟《けさ》に斬り込んだ。

ほぼ同時に、笠原も袈裟に斬り込んだ。

袈裟と袈裟――。二筋の閃光がはしり、ふたりの眼前で、刀身が弾き合った。

青火が散り、甲高い金属音がひびいた。

次の瞬間、源九郎は身を引きざま刀身を横に払い、笠原はふたたび甲高い気合とともに袈裟に斬り込んだ。一瞬の反応である。

両者の切っ先は、空を切って流れた。

すかさず、源九郎が二の太刀をはなった。踏み込みざま、刀身を横一文字に払った。神速の一撃である。

咄嗟に、笠原は身を引いたが間に合わなかった。

ザクリ、と笠原の小袖の脇腹辺りが横に裂けた。露になった肌から線が走り、血が流れ出た。

笠原は慌てて身を引き、手にした刀を源九郎にむけた。その切っ先が、笑うように震えている。

「勝負あったぞ！　笠原、刀を引け」

源九郎が声をかけた。

「まだだ！」

笠原は源九郎を見据えて叫び、青眼に構えた。体が揺れ、源九郎にむけられた剣尖も定まらなかった。だが、笠原には、怯《おび》えや恐怖の色がなかった。源九郎にむけられた両眼がひかり、傷を負った野獣のような凄《すご》みがある。

このとき、菅井は脇構えにとったまま笠原といっしょにいた若党と対峙していた。若党の小袖が右肩から脇腹にかけて裂け、あらわになった肌は血に染まっていた。菅井の居合の一撃を浴びたのである。

ただ、菅井は抜刀してしまったので、居合を遣えなかった。それで、脇構えにとったのである。居合の呼吸で、脇構えから斬り込むつもりなのだ。居合ほどの威力はないが、それでも敵と切っ先を向け合うよりはいい。

一方、若党は青眼に構えていた。菅井にむけられた切っ先が、震えている。菅井に斬られた傷で、刀を構えることができないのだ。

「いくぞ！」

菅井が先をとった。

脇構えにとったまま、足裏を摺るようにして若党との間合を狭めていく。

若党は、身を引いた。菅井から逃げたのである。だが、すぐに動きがとまった。背後に、椿の幹が迫り、それ以上、下がれなくなったのだ。

菅井との間合が、狭まってきた。若党は青眼に構え、切っ先を菅井にむけたまま立っていた。顔が恐怖にゆがみ、切っ先が笑うように揺れている。

菅井は、一足一刀の斬撃の間境に踏み込むや否や仕掛けた。気攻めも牽制もなく、いきなり裂帛《れっぱく》の気合を発して斬り込んだ。

居合の抜刀の呼吸で、脇構えから刀身を振り上げざま袈裟へ。咄嗟に、若党は菅井の斬撃を受けようとして刀身を上げた。だが、間に合わなかった。深手を負っていたために遅れたのである。

菅井の切っ先が、武士の首から胸にかけて斜めに斬り裂いた。

若党の首から血が激しく噴いた。首の血管《ちくだ》を斬られたらしい。血を撒《ま》きながらよろめいたが、足がとまると、その場に腰から崩れるように倒れた。

俯《うつぶ》せに倒れた若党は、四肢を痙攣《けいれん》させていたが、いっときすると、動かなくなった。絶命したようである。

一方、源九郎と笠原は、青眼に構え合っていた。

笠原の脇腹が切り裂かれ、小袖が血に染まっていた。臓腑《ぞうふ》まで達するような傷ではなかったが、体に力が入っているせいであろう。青眼に構えた刀の切っ先が、震えていた。体も硬くなっているようだ。

……笠原に、後れをとることはない。

と、源九郎はみた。

「いくぞ！」

源九郎が、声をかけて先に仕掛けた。

足裏を摺るようにして、間合をつめ始めた。そして、斬撃の間境まで、あと一歩の間合に踏み込むと、寄り身をとめた。

源九郎は全身に斬撃の気配を見せ、イヤアッ！　と裂帛の気合を発し、青眼に構えた刀を振りかぶった。上段から真っ向に、斬り込むと見せたのである。

源九郎の誘いに、笠原が反応した。上段からの太刀を受けようとして、刀身を振り上げたのだ。

この一瞬の隙を、源九郎がとらえた。踏み込みざま、鋭い突きを放った。切っ先が、笠原の胸をとらえた。

グッ、と喉のつまったような呻《うめ》き声を上げ、笠原は動きをとめた。

すかさず、源九郎は刀を手にしたまま身を引いた。切っ先が、笠原の胸から抜けた瞬間、血が赤い帯のように噴出した。切っ先が、心ノ臓を突き刺したらしい。

笠原は、血を噴出させながらつっ立っていたが、すぐに腰から崩れるように地面に倒れた。

地面に俯せに倒れた笠原は、体を痙攣させていた。悲鳴も呻き声も上げなかった。傷口から流れ出た血が、地面に赤い布を広げるように染めていく。

源九郎は、血刀を手にしたまま倒れている笠原の脇に立った。そこへ、菅井、孫六、茂次の三人が走り寄った。

「華町、大事ないか」

菅井が訊いた。

「ああ、何とか笠原を討つことができた」

そう言って、源九郎は手にした刀に血振《ちぶ》り（刀を振って付着した血を切ること）をくれ、鞘《さや》に納めた。

「始末したふたりは、どうする」

菅井が訊いた。

「死んでしまえば、罪はない。ここに、無様な姿を晒《さら》しておくのは可哀相だ。椿の陰まで運んでおいてやろう」

源九郎が、菅井たち三人に目をやって言った。

源九郎たちは、笠原と武士の死体を椿の陰に運ぶと、来た道を引き返し、安田たちのいる場にもどった。

「華町、その血はどうした」

安田が、返り血を浴びて染まっている源九郎の着物を見て訊いた。その場にいた平太と三太郎も、心配そうな顔をしている。

「これは、返り血だ。わしは、このとおり……」

源九郎が、左手で胸をたたいてみせた。

すると、そばにいた孫六が、源九郎と菅井のふたりで、屋敷の裏手の木戸門から出てきた笠原と若党らしい武士を討ち取ったことを話した。

「長居は無用、長屋に帰ろう」

源九郎が、その場にいた男たちに声をかけた。

四

「今日は、ゆっくりやろう」

源九郎が、飯台を前にして集まっている男たちに目をやって言った。

源九郎たちがいるのは、松坂町にある亀楽である。源九郎たちが、笠原庄次郎を討ち取って五日が経っていた。

三日前、源九郎と孫六のふたりで、松平屋と安川屋に出向き、彦兵衛と勘右衛門を殺した辻斬りを討ち、ふたりの敵をとったことを話した。

それぞれの店を継いだ松太郎と富造のふたりは、源九郎たちに何度も礼を言った。特に松平屋の松太郎は、

「これで、殺された父も成仏してくれます」

そう言った後、「みなさんで、お酒でも飲んでください」と言って、源九郎にちいさな紙包みを手渡した。

源九郎は紙包みを手にして、小判が入っている、と分かると、

「すでに、礼はいただいている」

そう言って、返そうとした。

「これは、てまえだけでなく、店の奉公人たちの気持ちでもあります。些少《さしょう》ですが、どうぞお納めください」

松太郎が、訴えるように言った。

「それほど言うなら、いただいておこう」

源九郎は、手にした紙包みを懐に入れた。

その日、源九郎が長屋に帰って、紙包みをひらくと十両入っていた。源九郎は仲間たちに十両を分けずに一杯やり、お互いの労をねぎらおうと思った。それ

で、孫六とふたりで手分けして菅井たち五人の家をまわり、今夜亀楽に集まるように伝えたのだ。

源九郎は、松平屋から礼として十両もらったことを話し、

「分けてしまうより、みんなで飲もうと思って、集まってもらったのだ」

と、言い添えた。その場に集まった六人は喜び、さっそく猪口《ちょく》を手にした。

男たちは、すぐに酒を飲み始めた。

すると、源九郎の脇に腰を下ろした菅井が、銚子をむけ、

「おれには、腑に落ちないことがあるのだがな」

と、首を捻《ひね》りながら言った。

「何が、腑に落ちないのだ」

源九郎が、猪口を手にしたまま訊いた。

源九郎と菅井のやり取りを耳にしたのか、近くにいた安田と孫六が猪口を手にしたまま源九郎に目をむけた。

「笠原は、なぜ、辻斬りなどして商家の主人《あるじ》を狙って殺したのだ。三百石とはいえ、笠原家は天下の旗本だぞ」

菅井が言うと、安田もうなずいた。ふたりとも、旗本の家を継ぐ者が、辻斬り

などやって金を奪うことが腑に落ちなかったのだろう。

「笠原家は、旗本とはいえ、非役だ。奥向きは苦しいはずだ」

源九郎が言った。

華町家は、五十石の御家人だった、三百石の旗本から比べれば微禄だが、それでも三百石の旗本の奥向きが、外から見るより苦しいことは分かる。

「奥向きがいかに苦しいと言っても、家を継ぐ者が辻斬りをして、商家の主人を殺すことはあるまい」

「そうだな。笠原は、斬殺を楽しんでいたのかもしれんな」

源九郎が言った。笠原には、残酷な殺しを楽しむような嗜虐《しぎゃくてき》的な一面があったのかもしれない。

「…………」

菅井はうなずいたが、顔をしかめたままだった。安田も渋い顔をしている。

いっとき、店のなかは重苦しい沈黙につつまれたが、

「あっしらは、殺しを楽しむような悪党を始末したんだ。何も気にすることたァねえ。今夜は、そいつらのことを忘れて飲みましょうや」

孫六が、男たちに目をやって声高に言った。

「孫六の言うとおりだ」

源九郎は銚子を手にすると、「安田、飲め」と言って、安田の猪口に酒を注いでやった。

安田は猪口の酒を飲み干すと、

「華町どのも、飲んでくれ」

そう言って、源九郎の猪口に酒をついだ。

それから、男たちは酒を注ぎ合ってしばらく飲んだ。

菅井が銚子を手にして立ち上がり、安田の脇に腰を下ろすと、

「安田、明日からどうする」

と、安田の猪口に酒をついでやりながら訊いた。

「おれは、口入れ屋にでも行って仕事を探すつもりだ。まだ、金はあるが、長屋にいてもやることがないからな」

安田はそう言った後、

「菅井どのは、どうするのだ」

と、猪口を手にして訊いた。

「いつもの、両国広小路だ」

「居合抜きの見世物か」

「そうだ。金儲けと、居合の稽古がいっしょにできるわけだ」

そう言って、菅井は旨《うま》そうに猪口の酒を飲み干した。

源九郎たちは、夜が更けるまで亀楽で酒を飲んだ。亀楽の主人《あるじ》の元造は、板場に引っ込んで出てこなくなったが、声をかけると、酒だけは運んでくれた。

源九郎たちは十分飲むと、元造に金を払って店から出た。余った金は、後日の飲み代になる。

店の外は、満天の星空だった。付近の家や店から洩《も》れる灯《ひ》の色はなく、夜の静寂につつまれている。

「華町、すこし酔ったようだな」

菅井が、源九郎に身を寄せて言った。

「ああ、久し振りに、存分に飲んだ」

「今夜は無理か。明日から仕事に出るつもりだが、今夜はあいている」

「何の話だ」

「将棋だよ。将棋……」

「今夜は、勘弁してくれ」

源九郎は腰をかがめ、菅井にむかって手を合わせた。

源九郎と菅井のやり取りを見ていた茂次が、

「華町の旦那も、菅井の旦那の将棋には手を焼いてるようだ」

と、薄笑いを浮かべて言った。

「剣の達人も、将棋には勝てないわけか」

安田がニヤリとした。

孫六、茂次、平太、三太郎は歩きながら、剽《ひょう》げたことを口にし合って笑い声を上げた。男たちの足音と笑い声が、夜更けの静寂にひびいている。

本作品は、書き下ろしです。

双葉文庫

と-12-58

はぐれ長屋《ながや》の用心棒《ようじんぼう》

幽鬼《ゆうき》の剣《けん》

2019年12月15日　第1刷発行

【著者】
鳥羽亮《とばりょう》

【発行者】
箕浦克史
【発行所】
株式会社双葉社
〒162-8540 東京都新宿区東五軒町3番28号
［電話］03-5261-4818(営業)　03-5261-4833(編集)
www.futabasha.co.jp
(双葉社の書籍・コミックが買えます)
【印刷所】
株式会社新藤慶昌堂
【製本所】
株式会社若林製本工場

【表紙・扉絵】南伸坊
【フォーマット・デザイン】日下潤一
【フォーマットデジタル印字】飯塚隆士

落丁・乱丁の場合は送料双葉社負担でお取り替えいたします。
「製作部」宛にお送りください。
ただし、古書店で購入したものについてはお取り替えできません。
［電話］03-5261-4822(製作部)

定価はカバーに表示してあります。

ISBN978-4-575-66974-9 C0193
Printed in Japan